COLLECTION FOLIO

Jean-Noël Pancrazi

Le silence des passions

Gallimard

Jean-Noël Pancrazi collabore au *Monde des livres* et est l'auteur de plusieurs romans dont *Les quartiers d'hiver* (prix Médicis 1990) et *Le silence des passions* (prix Valery-Larbaud 1994) ainsi que d'un récit, *Madame Arnoul* (prix du Livre Inter 1995).

à Jean-Paul.

I

Cocaïne ne supportait plus les lumières du Paradis, en face. La violence des bleus du néon frontal qui aveuglait la rue Caumartin et rendait presque invisible l'enseigne de son vieux Cancan, dont le jaune absinthe paraissait fondre dans la brume de la nuit d'été. Même si, parvenue à la fin du spectacle, elle se plaignait — comme je l'entendais depuis le hall — du mauvais état de la climatisation et de la vétusté des ventilateurs qui brassaient à peine un air saturé de parfums et de mélancolie, jamais elle n'avait conduit la revue avec autant d'énergie, comme si elle avait entrepris de faire du Cancan un îlot de résistance face à l'hégémonie du Paradis qui drainait toute la jeunesse de Paris. Le rideau allait retomber, mais elle ne laissait plus s'éclipser son partenaire Olivier, lui demandait de revenir et lui prenait la main au bord de la rampe pour qu'il se sentît son égal et renonçât à partir en automne pour La Métamorphose où on lui avait promis qu'il deviendrait l'Étoile d'Anvers.

Lorsqu'elle descendait de scène pour accomplir son habituel tour de salle, elle ne parcourait plus, comme avant, les travées avec un rire arrogant, dans un sillage impérial de paillettes avant de soulever au passage, hautaine et rosse, une perruque, de cueillir un collier du bout des doigts en proclamant qu'elle n'avait jamais vu quelque chose d'aussi toc. Non, telle une reine qui avait besoin de s'assurer du soutien de ses derniers fidèles, flattait leur vanité pour ranimer leur confiance, elle s'arrêtait maintenant à chaque table, se penchait vers chaque client et, le visage dilaté par l'excès d'alcool, le souci de plaire et la nécessité de toujours paraître épanouie, lui murmurait au micro quelques compliments qu'elle choisissait en fonction des désirs, des regrets et des manques qu'elle sentait en lui. « Tu es le plus beau, tu sais... » disait-elle à Jean-Louis Bertrand, l'ex-mannequin qui ne posait plus que pour des réclames de vêtements dans des sous-magazines de mode à l'étranger et dont elle caressait le visage recuit par les U.V. du salon d'Anthony auxquels il s'exposait toute l'année. Puis elle s'approchait de Raymond Nabi qui se rengorgeait lorsqu'elle lui disait : « Tu es la meilleure affaire de Paris !... », elle se dérobait à ses doigts qui, tentant de la saisir par les hanches et de la retenir par la boucle de sa ceinture dorée, tremblaient presque en permanence d'un désir si intense qu'il n'arrivait pas à le suivre. Il semblait en être devenu le serviteur affolé — obsédé par l'idée de ne jamais démériter de lui, d'être toujours, à soixante-trois ans, « à la hauteur », et de ne pas connaître la moindre défaillance qui aurait représenté à ses yeux la mort de son corps. « Je suis en train de vivre ma plus belle décennie !... » lançait-il à l'ensemble du cabaret et à Cocaïne qui n'oubliait jamais de sourire, avec une tendresse complice, à sa femme Arlette. Depuis son retour du Liban, elle l'accompagnait parfois au Cancan. Elle n'essayait pas de le reconquérir — elle en avait fait le deuil depuis longtemps — mais concevait une sorte de fierté d'avoir surmonté ses premières réticences envers un monde qu'elle avait appris, peu à peu, à aimer sans jamais verser dans la compassion excessive de ceux qui voulaient, à tout prix, prouver qu'ils n'avaient plus de préjugés. Elle était presque heureuse au Cancan. Le cabaret, disait-elle souvent, lui rappelait Le Byblos, à Beyrouth, où elle avait passé avec Raymond les meilleures soirées de sa vie, avec ses parois tendues de satin or pâle où semblaient encore parfois rôder des ombres criminelles de pègre édulcorée, de grisbi évanoui, les lampes à fanfreluches d'où émanait, sur les tables, une lumière désuète de gala de lointaine province, la musique de vieilles rumbas et de valses étouffées sur lesquelles chaloupaient en arrivant des androgynes qui à chaque pas paraissaient anticiper l'essence d'une féminité qu'ils rêvaient d'atteindre, les claquements de doigts répétés d'hommes qui, à voix très haute, par vanité clinquante de parvenus, commandaient une bouteille avant de ramener et de croiser les mains sur leurs ventres dans des poses de béatitude moite et d'ennui emphatique.

Gouvernant cette torpeur grisée du cabaret où, comme dans une escale tropicale, la chaleur à la fois excitait et ruinait un désir devenu insoucieux de son objet, Cocaïne se penchait pour redresser une mèche, piquait une rose ou une aventurine de papier dans un vase, allait l'accrocher au revers d'une veste, déposait un baiser sur une nuque, saluait la présence dans la salle de « personnalités » : le propriétaire de L'Imprévu, entouré — c'était sa spécialité nostalgique — par d'anciennes danseuses des Folies-Bergère qui, en exhibant leurs mollets, semblaient se livrer à un concours de jambes nues. Puis Lady Lys, sa grande rivale de L'Alibi, à Pigalle, accompagnée par Vangelis. Ils ne s'étaient démaquillés ni l'un ni l'autre et, dans leurs masques de fard blanc, on distinguait seulement leurs yeux éclairés par une sorte de connivence narquoise : sans doute étaient-ils liés à Cocaïne par une solidarité de la nuit qui s'approfondissait à mesure qu'ils sentaient menacée l'existence de leurs cabarets respectifs mais, bien qu'ils se targuent secrètement de l'emporter sur elle en professionnalisme et la jugent trop épaisse et rustre dans ses lamés dont le tissu craquait régulièrement sur ses hanches, ils la jalousaient pour sa popularité, les rires ponctuant la moindre de ses plaisanteries et les mains tendues qui la suppliaient de s'approcher.

« Voilà le plus grand amour de ma vie !... » criait, en attendant qu'elle vînt s'installer sur ses genoux, Richard Lantier, le décorateur de la rue Boissière, qui n'avait jamais osé avouer son amour des garçons et trouvait dans l'alibi de féminité que lui offrait Cocaïne le moyen idéal de paraître libéré sans trop se compromettre, de se dévergonder à peu de frais, d'afficher une ambiguïté sans dommage pour sa propre image avec laquelle il s'affolait de devoir rompre un jour. Cocaïne entrait bien sûr dans son jeu, se laissait tâter les cuisses et les seins, lui offrait sa nuque inclinée pour qu'il la dévorât de ses baisers d'autant plus ardents qu'ils étaient vus par tous les clients du Cancan. Il pouvait, du même coup, exciter le dépit et la jalousie de Jacqueline qui, à ses côtés, voulait, à près de soixante-dix ans, avec son blouson de cuir brodé de serpents d'or, son sourire tiré à quatre épingles et ses longs cheveux blonds d'Ophélie rescapée, se donner des allures de jeune fille en goguette. Elle n'avait pas tout à fait renoncé, ainsi qu'elle l'affirmait souvent, à « récupérer » Richard, comptait sur l'argent qu'elle lui apportait pour l'aider à monter une nouvelle boutique à Saint-Tropez et sur l'incertitude de ses désirs dont elle n'était même pas sûre — comme il s'en flattait — qu'il allât les assouvir, vers quatre heures du matin, dans l'allée de la Reine-Marguerite, au bois de Boulogne, pour l'épouser et, en tout cas, le mettre dans son lit où ne s'aventuraient plus guère que quelques gigolos fanés qu'elle rencontrait, en fin de nuit, au comptoir du Cancan. Le seul à lui résister était Andréa qu'elle encerclait de ses minauderies, du cliquetis de ses bracelets de diamants qu'elle agitait sous ses yeux — tel un gage de fortune dont il pourrait peut-être avoir, un jour, sa part. Elle essayait ainsi de le convaincre de la suivre dans sa villa de Cavalaire pour un de ces marivaudages d'été aléatoires et vaguement féroces, où elle s'imaginait experte, et dont elle ne se rendait pas compte qu'ils dataient d'une autre époque ct qu'elle n'en avait plus l'âge.

Cocaïne saluait, au passage, Gabrielle Mayen qui, dans son habituel maintien de discrétion étudiée, se tenait seule, à une table, dans le tailleur jaune et le chemisier noir, à pois blancs, qu'elle avait « gagné » aux Galeries Lafayette en répondant à un questionnaire sur les noms des « dés d'or » des années précédentes ; improvisant, depuis sa retraite, une petite carrière de figuration pour échapper à la solitude, elle était encore auréolée du prestige d'avoir illustré, cet hiver, la couverture de *Marie-France*, consacrée au thème de l'« amour à soixante ans », et célébré les vertus de jouvence d'une station thermale sur des affiches qui, pendant le printemps, avaient recouvert les murs de Paris. Dénuée de tout narcissisme, elle n'en concevait aucune fierté et, quand on lui disait alors qu'on ne pouvait pas faire un pas sur les boulevards sans lever les yeux vers elle, elle s'étonnait, avec une modestie désinvolte, d'être encore « capable d'attirer l'attention ». Il m'arrivait parfois de la croiser, partant, la nuit, vers des plateaux de tournage où elle composait une silhouette — comme la nuit de juin où je l'avais vue s'engouffrer devant moi dans un taxi, habillée en « hôtesse de l'air 48 » parce que Elvire, de l'agence Rebecca, lui avait demandé d'arriver dans une « tenue insolite » pour les essais d'un film publicitaire de la General Electric. Elle avait ressorti l'uniforme bleu pastel et le calot émaillé de l'insigne métallique argent et rosé de la T.W.A. qu'elle portait au moment où elle faisait, sur le D.C.4 de la compagnie, la liaison Paris-Dublin — un an, seulement : elle avait abandonné dès l'apparition des premiers plateaux-repas dont elle ne supportait pas, disait-elle, l'odeur de plastique. Grâce à son extravagance mesurée, son alliance de réserve et d'excentricité, elle avait régné, un temps, sur des groupes de garçons, toujours avides de se placer sous l'aile d'une madone bohème. Elle avait joué auprès d'eux le rôle d'une mère de passage, d'une conseillère de haut vol, d'une assistante en malheur, exerçant volontiers son « bénévolat » — ce mot qui l'enchantait et qu'elle répétait avec une pitié gourmande car il était, à ses yeux, suffisamment paré de vertus pour qu'elle se dispensât parfois de les exercer. Mais, à mesure que les clans de vieux enfants, sevrés d'adoration et de protection féminines, s'étaient raréfiés, soit qu'ils aient été décimés par la maladie, soit qu'on ait fini par l'accuser de n'être qu'une pique-assiette — sous prétexte de s'arrêter pour boire un verre d'eau, elle s'installait pour un mois dans une villa —, elle n'avait, cette année, trouvé aucun lieu d'hébergement estival. Et à ceux qui s'étonnaient de sa présence à Paris en plein mois de juillet, elle répondait qu'elle attendait, d'une manière imminente, un nouveau contrat et ne pouvait pas se permettre de quitter la capitale.

Cocaïne s'en allait dans l'allée de velours bleu nuit, montait les trois marches, laquées de pourpre, vers l'alcôve où se tenait assis, ses béquilles étendues devant lui, Alain Palerme, le critique de danse dont la seule présence l'avait toujours flattée, en l'aidant à croire qu'elle aussi, elle était une véritable « artiste ». Elle se penchait vers lui, posait les lèvres sur les siennes et, en balançant les hanches, le prenait par les épaules, nous montrait, à tous, qu'elle pouvait le soulever comme une plume, un enfant de la balle qu'elle portait dans l'allée du Cancan avant de le déposer à la table libre, à l'angle droit de la scène. Et les applaudissements qui crépitaient pour son adresse, sa grâce généreuse, elle ne voulait pas que ce fût pour elle ; elle demandait qu'on les adressât à cet homme dont le faisceau du projecteur caressait le sourire empreint de dignité mélancolique et de reconnaissance muette. Rassuré de se sentir ainsi protégé, il n'avait pas besoin, au Cancan, de répondre par un regard de défi fiévreux à ceux qui, dans les rangs d'orchestre de l'Opéra ou du Théâtre des Champs-Élysées, scrutaient sans vergogne, en se demandant combien de mois ou de jours il lui restait à vivre, son visage si pâle, son cou creusé sur lequel bâillait considérablement sa chemise blanche et le camélia épinglé au revers de son smoking d'été — tel l'ultime emblème d'une beauté qui l'avait déserté, le dernier signe d'un « chic » qu'il était réduit à mimer. Il suivait le moindre mouvement de Cocaïne avec une fixité hypnotique comme pour lui transmettre, dans la tension de cette télépathie pathétique, l'influx de ses dernières forces, la violence de ses battements de cœur afin qu'elle résistât à la dictature du Paradis et finît peut-être par en triompher au terme d'une saison qu'il n'imaginait plus pour lui-même. Il avait dépassé la tentation de l'égoïsme, franchi le cap de toutes les peurs et ne se souciait plus d'être jugé ou de plaire à quiconque, ayant assez d'élégance morale pour ne pas s'abandonner à cette sorte de rancune vengeresse qu'éprouvaient parfois ceux qui étaient condamnés à l'égard des vivants, comme pour les punir des plaisirs auxquels eux-mêmes n'avaient plus droit. Il était déjà trop habitué au deuil des fêtes pour concevoir la moindre amertume d'en être exilé et se contentait de ces derniers plaisirs qu'il préférait à tout désormais : le gant de satin noir que lui lançait Cocaïne, son bandeau rouge qui venait glisser près du verre de champagne et la nuée de paillettes qui descendaient vers ses yeux fatigués et brillaient pour lui autant que toutes les étoiles des nuits d'été au-dessus des arènes des festivals auxquels il ne se rendait plus.

Elle venait coller contre moi son corps qui, depuis les étés de Cannes où j'assistais à ses préparatifs dans la loge du Rubis, me semblait habité par la même odeur de plumes, de satin et de fièvre, de bois roussi par une cigarette oubliée et de serviettes mises à sécher parmi les fards et les perruques. Elle me murmurait : « Tu es seul ?... », puis, avec un étonnement un peu acide — car, malgré son désir de me voir heureux, elle ne l'aimait pas vraiment — « Et William ?... ». Elle s'éloignait déjà, me laissait à peine le temps de lui répondre qu'il était parti hier. Je l'entendais encore, dans la pénombre de sa petite chambre du square La Bruyère, ouvrir l'armoire pour en sortir les chemisettes qu'il empilait dans la valise ouverte sur le lit, alors que je restais appuyé au rebord de la fenêtre, tourné vers le ciel qui se diluait au-dessus de Paris devenu, avec ses dômes et ses clochers ternis par le vent de poussière, une cité étrangère et presque hostile où je serais condamné à errer dans le désert de juillet. Il n'osait pas, quelques instants plus tard, m'avertir qu'il avait terminé sa valise. Il me l'annonçait par cette toux frêle et gênée qui rosissait ses traits et lui donnait un air de gamin malmené. Puis, d'une voix calme, aux intonations si posées qu'on aurait pu croire qu'il voulait tester le ton d'une réplique de théâtre, vérifier sur moi l'exactitude de sa diction, comme le soir d'avril dernier où, debout devant son lutrin, il m'avait demandé de l'aider à répéter la lecture qu'il devait faire, le lendemain, au Lucernaire sur la scène du Théâtre-Noir, il disait : « William a de l'asthme... Il partirait pour Charmes... », cette plaisanterie désuète qui était, entre nous, le prélude de chaque départ. Il accompagnait d'un balancement de sa main droite en direction de l'est ce nom de Charmes qui, avec sa couleur grise et mauve, voulait me donner l'illusion qu'il s'en allait vers une région d'été voilé, austère et sans divertissement. « Alors, c'est décidé ?... Tu ne viens pas ?... » me demandait-il, essayant de refréner son impulsion de joie, tandis que montaient vers nous, à peine étouffés par les feuillages des platanes du square La Bruyère, les appels de ceux qui venaient le chercher : il était temps de descendre. Il me caressait le visage dans un geste de tendresse furtive, avant de refermer la porte et de glisser la clef dans la poche de son pantalon de plage. Alors qu'il me précédait avec sa valise, j'essayais, en calculant mes pas, de ne pas trébucher dans la nuit des marches, de ne pas être ébloui, en arrivant sur le seuil, par la lumière pourtant brumeuse de Paris, de ne pas me défaire sous la vigueur des plaisanteries de ses camarades — James, Guillaume et Séverine — qui venaient, à tour de rôle, me taper sur l'épaule en me faisant leur promettre de les attendre jusqu'en septembre. « Mais oui... Bien sûr... » répétais-je avec cet automatisme presque béat, cet acquiescement systématique dont William s'était souvent moqué et sous lequel je dissimulais ma peur de le perdre, ma hantise qu'il m'ait oublié à la fin de l'été. Moi qui arrivais à peine à courir en leur adressant de petits signes d'au revoir — tandis que la voiture, au toit surchargé de valises, tournait à l'angle de la rue Blanche —, qu'aurais-je fait sur l'île de Carloforte sinon les gêner en mimant une désinvolture, un goût du soleil et de la mer qui, depuis longtemps, m'avait déserté. Je n'aurais pas réussi à les suivre à la nage ni même, dans le chemin du maquis, en remontant de la plage ; j'aurais pris pour prétexte que j'avais envie de m'arrêter, d'admirer l'harmonie de la baie pour dissimuler que je perdais mon souffle, que j'étais obligé de me retenir au tronc d'un eucalyptus et garder secrète, dans son ombre, cette arythmie qu'Anthony avait repérée un soir où, collé contre mon corps, à la fin d'un massage de nuit, dans son salon clandestin de la rue de Cléry, il avait murmuré : « Je n'entends plus ton cœur... On dirait que tu le perds... » Au bord de la terrasse, où je me serais tenu, tel un spectateur de hasard, vers lequel ils se seraient tournés de temps en temps pour se distraire et peut-être me demander mon avis, je les aurais vus — en gardant dans les mains la licorne de cristal que le personnage de Tom devait briser à la fin du premier acte — répéter *La Ménagerie de verre* qu'ils devaient jouer ensemble, à la rentrée, au théâtre Marie-Stuart.

« Quelle comédie !... » disait Cocaïne, en s'approchant — sans qu'il l'entendît — de Gérard Drancourt, qu'on avait surnommé « la Princesse Verte » parce qu'il se vantait de posséder à Chatou une propriété et un jardin, « L'Ile-Verte », que personne n'avait vus. Cocaïne s'inclinait, avec une sorte de déférence ironique, devant lui qui, affectant de n'être que de passage au Cancan, se tenait, telle une souveraine altière et lasse, aux yeux pâlis de lucidité désenchantée, près de la statue de Silène dont les pieds griffus, en forme de pattes d'aigle, s'enfonçaient dans le socle de marbre bleuté. Il rejetait, avec une coquetterie excédée, d'imaginaires voiles de moustiques que, selon lui, le vent chaud amenait de la Seine, comme autant de germes de corruption qui risquaient d'attaquer son visage poli par les crèmes de l'institut Rousseau. Dans un balancement onctueux de ses doigts qui semblaient encore luire de pommade, il exhibait sa chevalière armoriée qui — lorsqu'il l'élevait ainsi — lui servait de rempart contre les autres, leur vulgarité présumée, les miasmes de l'été, la peur de l'âge et l'intuition angoissée du déclin de ses fantasmagories. Le seul qui, à ses yeux, échappait à une ambiance « frelatée » et auquel il consentait à parler était l'historien Thierry Massenet, qui évoquait les colloques d'été auxquels il s'apprêtait à participer, ses séjours chez divers châtelains et dans son chalet du bord du lac Léman où il recevrait l'essence de la meilleure société genevoise. Même s'ils se jalousaient et se heurtaient dans la surenchère mutuelle du niveau de leurs relations, tous deux avaient la conviction d'habiter de hautes sphères spirituelles, d'adhérer à un même esthétisme angélique, une égale adoration de l'Histoire et de la Beauté perdues qui les élevait très loin de nous, condamnés aux désordres du plaisir et aux dérives de l'amour.

Avant de remonter sur scène, seule, peut-être, à ne pas les oublier, Cocaïne adressait un signe aux plus âgés du Cancan qui se tenaient là-bas, assis, chacun à une table, dans l'ombre des Vénus de plâtre, rescapées d'un décor de comédie de boulevard et que Madeleine avait amenées de la remise du théâtre Daunou où elle avait jadis été ouvreuse. Elle n'hésitait pas à les rudoyer parce qu'ils ne prenaient jamais plus qu'une consommation et, en variant les prix, exploitait leur instinct de fête, leur nostalgie avide et leur effroi secret d'être renvoyés de cet ultime lieu d'asile — habitués qu'ils étaient, depuis des années, à aller de bar en bar, tels des expatriés qui se rendaient d'ambassade en ambassade, en quémandant une nouvelle autorisation de séjour et un sursis d'hospitalité.

Ils se penchaient légèrement sur le côté pour tenter d'apercevoir les garçons qui, solaires dans leurs débardeurs blancs, affluaient vers le Paradis, s'admiraient dans les miroirs du hall, lissaient leurs cheveux ou ajustaient la boucle de leurs ceinturons. Ils n'osaient même plus rêver d'y aller depuis qu'on avait refusé l'entrée du dancing à l'un d'eux, sous prétexte qu'il n'avait pas la tenue adéquate, en réalité parce qu'il était trop vieux : tous en avaient été blessés avec la solidarité inconsciente de la caste qu'ils formaient, soudés par la communauté d'âge, le nombre de leurs rides et l'abandon de leurs corps dont ils avaient moins honte ici puisqu'ils possédaient le même. Ils les regardaient passer avec un mélange de fascination, de dépit, de désir et de regret de leur propre jeunesse, tels des voyageurs de seconde zone qui n'avaient pas accès aux ponts supérieurs où se promenaient des passagers plus luxueux, dont ils enviaient les privilèges.

Le plus en retrait, la tête appuyée à la paroi vieux rose, ce tissu aux tons d'adieu d'où émanait une sorte de sensualité défunte, comme arrivé d'une lointaine campagne, dans sa chemise en coton bleu et son pantalon en velours côtelé, à pattes d'éléphant, tel qu'on en portait dans les années soixante-dix, la gourmette flottant sur son avant-bras malingre, c'était le propriétaire du Berry-Zèbre, à Belleville, ce cinéma que rien ne permettait — tant la façade en était délabrée — de repérer depuis le boulevard, hormis quelques photographies derrière les panneaux grillagés. Il y assumait toutes les fonctions, passant du guichet où il vendait lui-même les billets à la cabine de projection. Contraint de le louer dans l'après-midi et en début de soirée à une troupe de théâtre du quartier, il ne pouvait le faire fonctionner qu'à des « séances spéciales » qui se réduisaient, à leur tour, d'année en année. Il en ronéotait le programme qu'en partant il déposait timidement sur le comptoir du Cancan, tandis que la Princesse Verte s'en emparait, avant de s'écrier : « Qui aurait l'idée d'aller au cinéma à des heures pareilles ?... Pas moi, en tout cas... » Mais, saisis, un soir, d'une fièvre populiste, tout excités à l'idée d'aller faire une « plongée » dans Belleville, de jouir, à peu de frais, d'un exotisme populaire, ses amis et lui avaient décidé, après avoir dîné à

L'Étoile de Tunis, d'assister à une séance du Berry. Ce fut pour en sortir au bout de vingt minutes, en prétextant que les sièges de bois frêle et de velours râpé étaient trop inconfortables : les claquements des fauteuils rabattus dans le silence de la salle quasi déserte avaient déchiré le cœur du vieil homme. Il ne descendait de Belleville que pour flâner un peu, au soleil, l'après-midi, sur les pelouses des Buttes-Chaumont et venir, une fois par semaine, en général le dimanche, au Cancan. Son visage ne s'éclairait que les soirs de réveillon où il lançait très loin — c'était son rite, son adresse, sa joie comme s'il projetait devant lui tout l'amour qu'il gardait secret — des rouleaux argentés, en essayant d'atteindre ceux vers lesquels il osait, d'ordinaire, à peine lever les yeux. Il avait été chaviré la nuit du Nouvel An où, caché derrière une Vénus de plâtre, je lui avais renvoyé un serpentin qui, le frappant en plein cœur, lui avait donné l'illusion que quelqu'un, au moins, l'avait remarqué. Il remontait malgré la chaleur, la fermeture Éclair de son blouson de toile marron puis il se levait et, tremblant un peu comme s'il craignait qu'on ne l'autorisât pas à revenir au Cancan, se risquait à lancer un « au revoir » dont il savait pourtant que personne ne l'entendrait. Il restait quelques instants sur le trottoir à se laisser éblouir par l'illumination des bleus du Paradis — ce bleu océan, presque frais, ravivé par l'averse de minuit, qui lui rappelait l'éclat outremer du néon de son cinéma au temps où on l'apercevait depuis Ménilmontant. Il brûlait d'envie de monter dans l'un des taxis qui s'arrêtaient devant le dancing et d'où débarquaient des bandes de garçons. La seule volupté qu'il concevait désormais était de s'asseoir à l'endroit de la banquette où s'inscrivait encore la forme de leur corps, et respirer l'odeur de leurs cheveux et de leur nuque qui en imprégnait encore le cuir. Puis il renonçait à rêver, se mettait à marcher, rentrait à pied à Belleville, ne marquant une pause, sur son trajet, que pour s'arrêter sur un banc du quai de Jemmapes.

Elle s'en allait à son tour, la femme qui s'asseyait toujours, là-bas, seule à la même table, impeccable dans son éternel ensemble, démodé, de jersey clair, et son sac noir, au fermoir argenté, posé sur les genoux. Elle ne venait au Cancan que pour assister à la première partie du spectacle, après avoir fait, vers sept heures, un tour du quartier, jusqu'au magasin de tissus Rodolphe Simon, rue Monsigny, où elle avait travaillé toute sa vie comme vendeuse. Personne ne saurait jamais pourquoi, dès que Marc Laurence apparaissait sur scène — lui rappelait-il un fils, dont on racontait qu'il avait disparu, sous l'emprise de « la neige », un soir, au Paradis ? —, elle reculait très légèrement dans l'ombre et, comme harassée par un souvenir qu'elle venait pourtant chercher ici, appuyait la nuque à la paroi de satin pour empêcher que les lumières tournantes des globes ne vinssent effleurer son visage où glissaient quelques larmes, avant de tirer de son sac un mouchoir de dentelle, de le chiffonner entre ses doigts qui se crispaient à la fois de chagrin et de désir implorant que le tableau de la « tendresse des loups » durât le plus longtemps possible. Malgré la chaleur, elle ramenait sur sa poitrine le gilet vert amande dont ses mains croisées rapprochaient les pans en des mouvements presque imperceptibles. Elle en agrafait les deux boutons du bas quand, dès le rideau retombé, elle se levait, glissait entre les tables, la tête légèrement inclinée, comme si elle voulait se fondre dans les fumées, s'excuser de la chair de poule dont ses bras frémissaient encore en gagnant la porte du Cancan.

Ce petit gilet resterait, à mes yeux, l'emblème des femmes solitaires qui semblaient se protéger ainsi du froid de leur vie manquée ou sacrifiée. Ma tante Juliette ne l'oubliait jamais quand elle venait de Corse, une fois par an, fin juillet — ce seul repos qu'elle s'accordait jamais. Il était encore imprégné par l'odeur de pin, de grillons brûlés, de dahlias fanés et d'abeilles noyées dans le bassin de La Vaccareccia, la maison familiale où l'été se résumait pour elle à descendre chercher les enfants de sa cousine Anna à la rivière, à appliquer des crèmes sur leur peau rougie dans l'ombre des chambres, à se rendre à un enterrement dans un village des environs, à accompagner, en pleine chaleur, une voisine à la gare dans sa 4L cahotante à laquelle elle s'efforçait, à son retour, de faire grimper la pente encore crevassée par l'hiver, une main serrée sur le volant, l'autre appuyée sur le front comme pour se délivrer des névralgies que lui donnaient l'excès des dévouements, la tension mentale d'une générosité torturée à l'idée de laisser un malheur de côté, l'habitude d'incorporer les tourments d'autrui à sa propre vie, si bien qu'elle n'éprouvait de bonheur qu'à l'instant de la solution qu'elle s'épuisait à leur donner. Les soirs de son bref séjour à Paris, elle ne boutonnait pas le gilet bleu pastel, le laissait flotter sur ses épaules, à la fois luttant contre le regret de les avoir laissés dans l'île et heureuse de marcher à mes côtés sous les arcades de la rue de Rivoli, de s'installer avec moi sous la verrière du Café de la Paix ou le ciel du Cancan où elle m'accompagnait pour partager un peu de ma vie, indulgente et inquiète de me voir me perdre dans cette infinité de nuits blanches au bord desquelles elle s'était toujours tenue. Elle osait à peine, au début de la soirée, tremper les lèvres dans la coupe de champagne, regarder autour d'elle, se demandant si, avec son chemisier de soie verte, sa bourse tissée d'or posée sur les genoux, les ongles peints de rouge garance — la collection de flacons de vernis alignés sur l'étagère de sa chambre demeurant sa seule coquetterie —, elle était bien dans le « ton » du cabaret, ne « jurait » pas trop avec l'ambiance. Était-ce déjà l'effet du soupçon de champagne dont elle s'humectait les lèvres, le besoin de reprendre souffle pour mieux aider les autres à son retour, le bonheur d'écouter les chansons de Cocaïne qui lui rappelaient celles des bals d'Ucciani où Pierre Santarelli l'avait fait danser pour la première fois ? Elle commençait à tanguer doucement, accompagnait les refrains en balançant en cadence les manches du gilet qui finissait par se détacher de ses épaules et glisser au bas du fauteuil sans qu'elle s'en aperçût. Quand le rideau retombait et que revenait l'écho assourdi des valses, elle se tournait vers les miroirs, comme étonnée de s'y reconnaître, de constater que le temps n'avait pas altéré le tracé de ses lèvres et la blondeur de ses mèches qu'elle laissait, les yeux mi-clos, s'ébouriffer dans le souffle des ventilateurs. Elle avait une légère torsion du cou sur le côté et restait ainsi penchée, comme si elle rêvait de poser la tête sur une épaule. Elle s'était si souvent endeuillée pour s'accorder aux chagrins des autres qu'on avait fini par oublier qu'elle avait un corps encore beau, capable de s'offrir ; on la voyait si souvent courir, les bras chargés de paquets ou d'enfants, qu'on n'imaginait plus qu'elle pût les ouvrir vers un homme et ses lèvres étaient si habituées à prononcer des prières, des consolations et des encouragements qu'on ne songeait même pas qu'elle pût dire des mots d'amour. Peut-être cette unique soirée de fête lui suffisait-elle pour revenir, heureuse, à La Vaccareccia, se laisser emporter, en arrivant, par le fouillis de rires, de petits poignets, d'oreilles rougies par la savonnette du soir, des enfants d'Anna, dont elle se figurait, dans le vertige tendre des retrouvailles, qu'ils étaient les siens, avant d'aller allumer, de pièce en pièce, toutes les lumières de la maison et de faire danser autour d'elle les robes achetées à Paris. Elle les étalait sur tel ou tel fauteuil, selon leur imprimé plus ou moins printanier, et les regardait maintes fois, tour à tour, comme si elle passait en revue les saisons où elle imaginait en être habillée mais qui se succédaient sans qu'elle trouvât l'occasion de les porter. Elle qui ne prenait jamais de vin et terminait à peine sa coupe annuelle de champagne, elle se moquerait, quelques mois plus tard, de se voir détruite par une cirrhose du foie, avant de reposer dans la terre noire du cimetière d'Ucciani. Ce fut le soir de mon retour au cabaret, après les obsèques, que j'avais connu William, que je l'avais entraîné vers l'ombre de l'alcôve la plus profonde et l'avais embrassé avec une intensité perdue — possédé à la fois par la volonté de jouir de chaque baiser gorgé d'alcool et l'envie de mourir par lui.

Ce petit gilet, ma mère le portait, le soir, en Algérie, dans le silence de Saint-Arnaud, déserté par tous les Européens partis en métropole ou au bord de la mer — assise seule, à l'angle droit du balcon, dans sa chemise de nuit que gonflait le vent du sud, si blanche et presque exsangue après le bain brûlant qu'elle avait pris en fin de journée : c'était la récompense qu'elle s'accordait après avoir traqué, avec son chiffon, à travers les pièces, les grains de sable qui, à chaque tempête de sirocco, s'infiltraient sous les portes-fenêtres. Les cheveux encore humides, aplatis, à peine séparés par une raie, elle demeurait repliée dans le fauteuil d'osier derrière les plus hautes branches du palmier dont le crissement régulier des palmes desséchées contre la rampe de fer représentait la seule musique de sa vie. Elle ramenait un peu plus les pans du gilet sur sa poitrine chaque fois que revenait en elle un vieux chagrin, qu'elle tentait d'éloigner en se racontant à voix basse des histoires de voyage. Quand, émergeant du bois de cèdres, le train de nuit ralentissait assez, à la hauteur de la cité des Cheminots, pour qu'elle vît distinctement, dans le halo des lampes rosâtres du wagon-restaurant, les visages comblés et frais des voyageuses de première classe, elle se mettait à imaginer qu'elle aussi le prendrait, un été, avec nous qui serions habillés comme des princes. Ce soir-là, elle ne devrait pas, face aux familles qui se dirigeaient vers la gare dans la douceur des crépuscules de juin, comme s'excuser de rester au village pendant tout l'été, de ce que son mari fût ce simple employé de la minoterie dont le salaire était trop bas pour nous offrir des vacances en métropole. Elle ne serait plus obligée de leur répliquer, avec un mince sourire de fierté blessée, que, si elle ne partait pas, c'était pour « garder » l'immeuble. A mesure qu'elle imaginait son trajet vers la gare, devancée, en nous prenant la main, par le porteur qui emmenait vers les quais les valises beiges dont elle rêvait devant la vitrine des Nouveautés, elle laissait glisser de ses épaules le gilet dont elle n'avait plus besoin pour abriter son âme glacée.

C'était Luc, mon ami dramaturge qui venait vers moi, essayant, à la fois fourbu et excité, de défriper sa chemise collée à la poitrine par la dernière averse. Il arrivait, me disait-il, à pied de l'Alma. On l'y avait déposé au retour d'une soirée à Saint-Germain-en-Laye où des notables, en mal de snobisme, avaient vanté, à tour de rôle, le luxe des résidences qu'ils louaient au Pilat ou sur la Riviera italienne. Au lieu de demeurer à mes côtés — s'amusant par avance de ce que je le sollicite une fois de plus, pour qu'il trouvât, grâce à ses relations, un rôle à William —, il allait vers

Raymond Nabi avec son emportement coutumier, même s'il savait qu'il devrait peut-être en souffrir. Il s'approchait de lui avec un mélange de fascination, d'appréhension et de volonté fébrile de métamorphoser l'amour, qu'il avait encore pour lui, en amitié. Après l'avoir pris dans ses bras, Raymond s'écriait à la cantonade : « Voilà mon ex-ami ! » — ce minuscule vocable qui continuait à le blesser depuis le soir de mai où, sur le balcon d'une villa de Deauville, Raymond l'avait ainsi présenté à des connaissances, décrétant, sans préalable, en une seconde, que leur relation était finie. Puis Raymond lui lançait avec une douceur ironique : « On était bien ensemble ! », mais cela ne faisait qu'aviver en Luc le regret de l'état de grâce qu'ils avaient goûté pendant les années communes, aggraver la nostalgie de cette heure astrale qu'ils avaient atteinte ensemble et qui leur avait permis de s'épanouir l'un par l'autre quand Raymond avait peint ses plus belles toiles et lui, écrit ses meilleures pièces. Il vivait, depuis, dans l'obsession du déclin, victime d'accès de découragement halluciné, de doute panique sur ses propres dons, tant il était terrorisé à l'idée que, sans Raymond, il ne retrouverait pas le calme nécessaire à la création et que ne reviendrait jamais le temps d'arrêt des tourments, de suspension des douleurs de la vie, où l'on pouvait écrire sur elles. « Tu m'as aimé ?... » lui demandait Raymond, moins par regret des sentiments que pour mesurer, par vanité, aux yeux de tous, la pérennité du pouvoir qu'il avait encore sur lui, et s'en flatter. Comme Luc ne lui répondait pas — tant il avait la gorge serrée par le souvenir des jours anciens où, grâce à leur connivence, il n'avait plus peur du monde dans le havre de l'appartement de la rue du Ranelagh ou la Villa des Roses à Larnaka —, Raymond croyait que Luc considérait ce temps-là comme un mythe et, exaspéré par son air d'absence, qui n'était que le masque des larmes naissantes, il s'exclamait, dans une impulsion presque coléreuse : « Mais c'est fini, tout cela !... à nous la belle vie, maintenant !... » Il martelait ce « maintenant », tel un camelot de l'amour qui bradait les souvenirs défraîchis et vendait à l'encan les restes d'espérance dont ils auraient risqué de s'aveugler. Il ne restait à Luc, désorienté par la rudesse de ces volte-face — bien qu'il ait toujours su que Raymond, en ancien négociant du Levant, traitait volontiers les sentiments comme des affaires et considérait les passions finissantes comme des parts de marché qui se refermaient —, qu'à détourner les yeux, à faire semblant d'être saisi d'un engouement subit pour un client du Cancan placé en face de lui et qu'il suppliait en secret de lui sourire afin de prouver qu'il n'était pas perdu et avait réappris à vivre de son côté. Puis, animé d'une rage euphorique, Raymond proclamait, une fois de plus, pour s'en convaincre lui-même, que la soixantaine était le zénith de sa vie, qu'il venait de passer une semaine « glorieuse », était désiré à droite, à gauche, tout en saisissant tel ou tel qui passait et riait de ces enlacements furtifs et triomphants. Non seulement il énumérait toutes les conquêtes qu'il avait faites soir après soir, mais il décrivait par le menu les jouissances qu'il avait goûtées avec chacun de ceux qu'il avait pris et renvoyés au petit matin comme des employés du plaisir, dans une surenchère d'obscénité et de précision graveleuse qui était sa revanche sur son puritanisme passé et les contraintes de la vie clandestine qu'il avait dû longtemps mener à cause de son mariage et de ses enfants : autant d'années qu'il jugeait perdues. En échange du récit, presque féroce à force de n'épargner aucun détail cru, de ses prouesses érotiques, il demandait à Luc de lui raconter ses propres aventures, au nom d'une « vérité » qu'il exerçait désormais comme une tyrannie — cette exigence despotique de l'aveu n'étant que le meilleur alibi de l'égoïsme, un impérialisme narcissique qui ne se donnait pas la peine d'imaginer les régions blessées de l'autre et niait son désir, même meurtri, de continuer à rêver parmi les décombres de l'amour.

« Tu n'es pas devenu un saint, non ?... » s'exclamait-il alors que Luc baissait la tête, à la fois gêné et malheureux de ne pouvoir se flatter de rien, de n'avoir fait qu'esquisser — tant il vivait dans le regret de son existence passée avec

Raymond — des relations décousues dans lesquelles, ces derniers mois, il s'était lancé, sans y croire vraiment, avec une exultation angoissée. Elles n'avaient fait qu'approfondir sa carence affective et sensuelle, aiguiser la pitié magique, l'abnégation expiatoire qui l'enchaînaient à n'importe quel inconnu pourvu qu'il lui donnât une illusion, même passagère, de tendresse et le retînt de dire adieu, en même temps, à l'écriture et à l'amour. Il regardait avec un sourire contraint Raymond s'éloigner vers la porte du Cancan, pressé de gagner, non pas Le Paradis — il savait qu'il y serait noyé — mais Le Scorpion, boulevard Poissonnière, où, les mains rentrées dans les poches de son pantalon blanc pour qu'on n'y vît pas affleurer les veines usées, le col de sa chemise turquoise haussé sur le plissé grisâtre de sa peau, il s'ingéniait à épouser le rythme de la musique par les tourbillons qu'à la limite de l'évanouissement il accomplissait sur lui-même, avant de repartir avec un garçon qu'il choisissait non pour sa beauté ni même pour le désir qu'il aurait pu lui inspirer mais simplement en fonction de ce qu'il lui avait dit pour le rassurer, dans un coin du dancing, sur ses dons intacts de séduction.

Étourdi d'envie triste, Luc restait tourné, après son départ, vers la porte du Cancan. Bien qu'il en ressentît l'absurdité, il continuait à espérer que Raymond se raviserait, reviendrait pour lui demander de l'accompagner au Scorpion et peut-être même de rentrer rue du Ranelagh afin qu'il s'étendît à ses côtés dans la chambre envahie par la brume de l'aube d'été. Mais il se rappelait aussitôt que, la seule fois où Raymond lui avait proposé de rentrer avec lui, après avoir effleuré sa main sur le trottoir du Cancan, cela avait été pour le déposer au bas de son immeuble avec un rire ironique, car il ne s'était même pas aperçu qu'ils étaient suivis jusque-là par une autre voiture conduite par un homme avec lequel Raymond s'apprêtait à passer la fin de la nuit. Il se tournait vers Arlette qui, de la table où elle était assise, lui adressait un signe de complicité un peu triste. L'étole de soie brodée, qu'elle devait porter dans les soirées du Byblos, abaissée au-dessous des épaules et sa main droite posée sur l'oiseau de brillants, elle l'avait regardé partir, elle aussi, fidèle à l'ombre de Raymond, à l'image de leur relation, même révolue, ne serait-ce que pour avoir l'impression que tout, de sa vie, ne s'était pas écroulé en même temps que son pays. Elle demeurait la femme de devoir qui, avec un courage désinvolte, restait en plein combat dans sa boutique à Beyrouth, s'inquiétant seulement de ce que la déflagration d'une bombe ne risquât de faire voler en éclats les lustres ou n'abîmât la collection de livres aux couvertures de nacre ; descendait avec nonchalance, le soir, sous le ciel enflammé, l'escalier extérieur de la maison d'Achrafieh vers l'abri, maquillée et tenant à la main son sac de soirée comme si elle se rendait à un dîner au Vieux Quartier ; se désolait simplement en revenant, un matin, dans l'appartement soufflé par un obus, de ne pas retrouver parmi les décombres le coffret de ses bijoux d'enfant.

Elle repoussait, en riant, d'un revers moqueur de la main, les avances de Jean-Pierre qui ne supportait plus de rester à la table voisine, face à sa femme Michèle. Ils ne savaient, tous les deux, comment sortir de l'impasse sentimentale et érotique qui les maintenait à la fois liés et étrangers l'un à l'autre. À une époque, allant jusqu'au bout de la licence qu'ils s'accordaient mutuellement, avec l'orgueil exalté d'un couple qui voulait prouver combien il était libéré, ils partaient, chacun de son côté, avec quelqu'un à la fin de la nuit. Mais ils s'étaient lassés de toutes les expériences — surtout lui qui ne s'était mis au lit avec des hommes que pour manifester, aux yeux de l'ensemble du Cancan, qu'il n'avait aucun préjugé —, avaient épuisé les cas de figure des marivaudages sensuels à la mode dans les années quatre-vingt, tout en appréhendant de perdre le reste d'amour — ou, du moins, de connivence attendrie — qui demeurait, peut-être, entre eux. Désormais s'il arrivait à Jean-Pierre de séduire quelqu'un de passage au Cancan ou à la terrasse du Viennois, Michèle le regardait parler, agir, avec une sorte de jalousie fatiguée, de rivalité désabusée, de peur, surtout, de le voir réussir ce qu'elle avait à peine envie de tenter.

Renonçant à toujours veiller à maintenir une apparence digne — ce qui, croyait-il, le sauvait mais, en réalité, l'exténuait —, Luc venait se réfugier à mes côtés sous le tableau de l'*Olympe aux dieux éteints*. Il me disait, avec un sourire d'ironie triste pour lui-même, qu'il se revoyait jeune et beau, ne sachant où donner de la tête devant l'afflux des propositions — d'une nuit de plaisir, d'une vie commune —, jouant avec tout le monde avec une cruauté souvent consciente, lançant à droite, à gauche, des heures de rendez-vous auxquels il savait, d'avance, qu'il ne se rendrait pas, s'amusant des verres qu'on lui tendait de tous côtés et des jalousies qu'il déchaînait. Maintenant il était à la remorque d'un homme dont il glanait au passage quelques mots qui ne faisaient que confirmer sa certitude de ne plus en être aimé.

Je lui prenais la main comme il avait pris la mienne dans la salle du théâtre Montorgueil, en février, le soir de la première de la pièce où jouait William et à laquelle il avait tenu à assister, prévoyant de l'aider à passer des auditions dans des théâtres plus importants. Quand William apparut sur scène, je tremblais tellement que je compris que je commençais à l'aimer. Je surveillais ses mains de peur qu'il ne renversât les tasses de thé qu'il devait prendre à plusieurs reprises sur la table, redoutais qu'il ne fît un faux pas, que sa voix ne devînt trop faible — comme le metteur en scène le lui avait parfois reproché, pendant les répétitions —, que certaines de ses répliques ne se perdent ainsi ou qu'il ne butât sur l'une d'elles, que je reprenais comme un souffleur gauche et paniqué. J'aurais voulu que chaque variation de la lumière du projecteur épousât davantage son visage, la minceur de son corps que je sentais vibrer, de trac et de concentration, sous le pantalon noir et la chemise en velours pourpre. Je souffrais un peu de ce que son partenaire, James — que j'appréciais pourtant —, eût davantage de texte et que William finît peut-être par apparaître, au fil des scènes, comme un faire-valoir de son jeu dont je m'interdisais de reconnaître qu'il était plus fluide et assuré. Je tremblais jusqu'à la fin de la pièce, quand il mettait sa cape vert bronze avant de s'éloigner dans l'ombre des projecteurs qui s'éteignaient l'un après l'autre, derrière lui, comme s'il ne devait jamais revenir. Je ne savais comment stimuler les applaudissements qui montaient vers lui. Après avoir refermé la porte de la loge derrière nous, il m'avait, en me prenant dans ses bras, devant la glace traversée de formules tracées au rouge à lèvres par Séverine, murmuré des mots si tendres, ces mots-chimères après lesquels j'avais, au fond, couru toute ma vie.

Après, il y avait eu les soirs glacés de février où la représentation n'avait pas bien marché, où ils avaient dû même annuler le spectacle parce que le chauffage ne fonctionnait plus, qu'un projecteur était cassé ou par faute de spectateur, quand Séverine, une fois épuisé le cercle des connaissances et des amis qu'elle avait rameutés, avait la tentation de distribuer des billets gratuits aux passants de la rue Montorgueil. Son visage découragé tremblait de froid et de déception sous les lueurs des vitraux de Saint-Eustache devant lesquels la troupe se réunissait sans oser se séparer. Il était perdu comme le soir de décembre où je l'avais vu pour la première fois, immobile à l'angle de la terrasse du Viennois, les yeux levés vers les lumières du Paradis, partagé entre la tentation d'y retourner et le souvenir, qui le paralysait de regret, des nuits où Denys — son ami qui s'était éteint quelques mois auparavant — fendait la foule en le soulevant presque dans ses bras de géant roux, capable, à l'époque de la débâcle des glaces, dans les monts des Laurentides où il était né, d'amarrer une cabane sur pilotis que le courant menaçait de disloquer. Même si William affirmait que sa peine commençait à refluer, je le surprenais parfois, assis dans la pénombre de sa chambre : il avait enclenché la touche du répondeur pour écouter sur une ancienne bande le dernier message de Denys. Il était recueilli sur la douceur épuisée de sa voix qui, depuis la cabine du premier étage de l'hôpital Saint-Antoine où il avait réussi à se traîner, lui demandait de lui apporter le paquet de cigarettes qu'il avait oublié sur la plaque de la cheminée à la fin du dernier week-end où on l'avait autorisé à sortir. Puis il prononçait, sur un ton qui se voulait assuré, mais n'était que suppliant, ce « À tout à l'heure » qui continuait à torturer William, car c'était pendant les quelques heures de flânerie qu'il s'était accordées en sortant avec Séverine d'une audition pour un stage chez Blanche Salan que Denys s'était éteint. Il n'arrivait à juguler son remords qu'en rédigeant des brouillons de lettres où, reprenant les mêmes formules de rage blessée, il accusait la direction de l'hôpital de ne pas l'avoir prévenu de l'aggravation soudaine de l'état de Denys, de l'avoir privé, les derniers temps, des seuls plaisirs qui lui restaient (les deux ou trois bouffées d'une cigarette qu'il n'arrivait à aspirer qu'en la dissimulant sous le drap) et surtout de ne lui avoir pas permis d'aller consulter un iridologue réputé dans un hôpital voisin. En lui sauvant l'œil gauche — l'autre étant déjà aveugle —, il aurait, au moins, atténué la hantise de la corruption des traits chez Denys qui sacralisait le visage humain, était en passe de devenir l'un des meilleurs maquilleurs de Paris et avait composé un fard rose chair, alliance de neige et de vermillon, qui captait si bien la lumière des scènes.

Je tâtais dans ma poche le ticket de la blanchisserie de la rue d'Aumale où il m'avait demandé d'aller chercher, pendant l'été, l'imperméable de Denys, ce luxueux modèle de chez Burberry's, doublé de moire beige, qu'il s'était offert avec son premier contrat. Dès que le ciel devenait sombre sur Paris, William le revêtait, même s'il y flottait et manquait trébucher, à chaque pas, dans l'un des pans de toile. Il l'arborait en traversant, avec une arrogance bouleversée, les bars — le Select ou le Rosebud — où il était sûr de croiser d'anciens camarades de Denys qui avaient appartenu à la même école de maquillage, pour qu'ils se souviennent de lui, de cette alliance d'enthousiasme et d'ironie, d'émerveillement devant la vie et de lucidité, de fraîcheur et de sagesse qui m'avait fait presque l'aimer à mon tour. Une nuit où William avait couru devant moi, voulant disparaître dans Paris, emporté par une de ces impulsions de fuite que commandaient le retour du chagrin, la volonté tendue de ne pas le partager et une colère funèbre contre l'injustice du monde qui l'amenait à s'en exiler, je l'avais retrouvé, arrêté sous le ciel de neige, au bout du pont des Arts : il ouvrait très largement l'imperméable et le haussait sur le côté droit comme s'il essayait de protéger Denys des premières rafales de pluie glacée en lui désignant au loin les lumières de L'Écluse et des cafés de Saint-Germain où ils iraient se réfugier. Il pleurait doucement, je m'avançais à tâtons et me glissais sous l'imperméable pour lui montrer qu'il avait à nouveau quelqu'un auprès de lui. Peu m'importait qu'il ne me reconnût pas aussitôt, que je ne fusse à ses yeux que l'ombre malhabile de celui qu'il avait aimé et dont j'étais réduit à mimer le silence des pas et le souffle protecteur. Ce fut cette nuit-là qu'il me demanda enfin de rester avec lui, de m'étendre à ses côtés sur le lit de la chambre du square La Bruyère où le besoin de consolation, la nécessité de résoudre la tension des nerfs ulcérés de regret lui tenaient lieu de désir. Une fois apaisée cette flambée sensuelle où il mordait les draps pour se retenir de crier son nom, il se redressait et s'absorbait dans la contemplation, qui aurait toujours sur lui un effet hypnotique, de la réplique en terre cuite du visage du soldat tué à la bataille de Damiette — ramenée par Denys d'un voyage à Alexandrie. Il était fasciné de ce que le centurion n'eût pas une expression de conquérant grisé par le tumulte du sable, des dieux et des armes, de défi guerrier, de désir de triomphe suspendu par la souffrance de la lance qu'il avait reçue en pleine poitrine. Dans le bleu triste, pacifique et rupestre de ses yeux — de berger, plutôt, qui, isolé dans sa cabane, espérait que les terres ne seraient pas brûlées en profondeur afin d'y ramener paître ses troupeaux —, son sourire à la pourpre éteinte, l'ingénuité tranquille de ses traits, on ne décelait pas le moindre effroi, la moindre volonté de résistance ; il y avait juste un étonnement à peine douloureux, un halo de résignation et presque la montée d'une lumière de pardon pour le fantôme d'escouade ivre qui serait venue l'abattre en accomplissant une ultime randonnée meurtrière à la périphérie du champ de bataille.

Cet écho de talons aiguilles sur le trottoir du Cancan : c'était Hélène. Elle les choisissait les plus fins possible, les faisait tinter, comme des aiguilles de cristal, lorsqu'elle essayait les escarpins devant moi dans les magasins de la Madeleine, ce qui conférait à sa marche un déséquilibre de fierté démantibulée, de hauteur ébranlée et moqueuse ; je l'avais toujours vue courir ainsi sur les trottoirs de Paris jusqu'à ce que son talon cassât, mais elle aimait, au fond, ces chutes rattrapées de justesse — un bras levé vers le ciel, l'autre rabattu vers la cheville — comme si elle s'agenouillait pour une prière précipitée, en pleine rue. Elle venait s'abattre dans mes bras en disant : « J'arrive très tard... Mais j'ai travaillé jusqu'à maintenant... J'ai dû réparer des erreurs... Ils ont tout laissé en plan avant de partir en vacances... » Ce n'était qu'un alibi : si elle était restée aussi longtemps dans son bureau de l'île Saint-Louis — fenêtre ouverte sur la Seine —, c'était parce que, s'abstenant même de descendre sur le quai d'Anjou pour respirer les parfums de la nuit d'été, elle avait passé toute la soirée à attendre un coup de téléphone de François, parti en Corse, à Saint-Florent, avec sa femme qui le harcelait par ses assauts de rage amère et son constant chantage au suicide. Elle avait attendu en vain : je le devinais à sa pâleur, à la nervosité avec laquelle elle ramenait la main vers son collier de cœurs de grenats, à son expression implorante sous la gaieté feinte — celle des soirs où nous dînions au Monteverdi, où, malgré ses promesses de fin d'après-midi, François ne la rejoignait pas, où, à coups de plaisanteries, elle voulait me prouver qu'elle ne s'inquiétait pas, lui inventait déjà des excuses malicieuses et enjouées avant de décréter soudain, comme s'il s'agissait d'un caprice et non pas d'un renoncement : « On commence !... » Mais elle continuait — d'un regard de biais, furtif et concentré, qu'elle avait affiné à force d'attendre — à guetter la porte-tambour, frémissant chaque fois qu'elle croyait le distinguer parmi les dîneurs qui entraient. Elle cherchait alors à noyer cette déception, qui ramenait sur son visage l'ombre de toutes les amours manquées, dans un rire trop prolongé, suivi par l'énoncé des objectifs du groupe Trident qu'elle dirigeait. Elle trouvait une revanche panique dans la liste de ses projets et se raidissait dans un maintien de gravité tendue et d'adieu glacé aux sentiments comme si elle voulait anéantir toutes les régions de sa sensibilité et tuer en elle ce qui lui restait de crédulité et de foi dans l'amour. Mais il suffisait qu'il apparût, même aux alentours de minuit, au moment où les lumières commençaient à s'éteindre dans le Monteverdi presque désert, qu'il se penchât, en arrivant, vers elle et caressât sa nuque avec ses lèvres avant de s'asseoir à ses côtés et de lui enlacer les épaules pour qu'elle se mît à trembler. Elle n'avait jamais connu — me disait-elle souvent — quelqu'un qui, lorsqu'il l'étreignait dans la chambre traversée par les reflets des bateaux sur la Seine, essayât de se rendre à ce point semblable à elle qu'il en devenait presque féminin ; un homme qui avait un désir si désintéressé et soucieux non pas de la dominer mais de l'accompagner en lui prenant les mains comme pour un voyage de baisers : il se tenait au-dessus d'elle et bougeait très lentement, comme médusé du plaisir qu'il lui donnait. Mais il y avait en elle, aussi, une gratitude fascinée pour le faste qu'il lui offrait, de temps en temps, ces escapades d'une ou deux nuits dans un palace de Vienne, de Salzbourg ou la maison de Russell Square, à Londres, qu'elle aimait par-dessus tout, avec le serviteur aux gants blancs qui, le matin, venait tirer les rideaux de leur chambre, lui apportait un verre de vin du

Sussex sur la terrasse et, le soir, lui posait sur les épaules la cape de gala avant de conduire la Bentley qui les amenait à Covent Garden. Ces tourbillons de luxe lui permettaient d'assouvir le besoin de splendeur sociale qu'elle avait connue pendant l'enfance et ne savait comment regagner. Et puis, en débloquant à la rentrée des crédits de sa banque, François lui avait promis de l'aider à remonter Le Cancan, que son père lui avait confié. Malgré sa réticence des premières années où elle voyait plutôt dans le cabaret un symbole de déclin, elle avait appris à l'aimer. Elle regardait avec un attendrissement navré, une sorte de tendresse désolée, l'exiguïté de la scène qui semblait être celle d'un théâtre d'enfant, les étendues de satin jadis doré et dont la lumière de l'aube révélait les régions de fronces noircies, les branches de stuc écaillé des étoiles, au plafond, qui paraissaient ne devoir jamais se rallumer, les miroirs usés ne retenant de l'ancienne danseuse des Folies-Bergère qui les longeait, que le scintillement du bracelet qu'elle agitait au bout de la main avant de se laisser entraîner par l'ombre d'un bras vers la terrasse du Viennois. Mais ce qui la bouleversait toujours, c'était la table, à l'angle droit de la scène, là où elle revoyait assis — quand elle était fillette —, sous les grands parapluies blancs, les amants des *Cœurs perdus* — ce film que son père avait, en partie, tourné au Cancan dans les années cinquante et qui resterait son unique titre de gloire. Il s'en projetait, à longueur de soirée, la seule copie qu'il détenait dans sa chambre de la maison de Clamart. Elle y passait pour éteindre le projecteur et prendre d'entre les mains du vieil homme endormi les feuillets où il inscrivait, à mesure que les images défilaient, les retouches qu'il aurait rêvé d'accomplir, les dessins des plans qui lui semblaient manquer — tous ces blancs du film qui se confondaient avec ceux de sa vie. Elle aurait voulu que le cabaret retrouvât son lustre d'antan, ne serait-ce que le temps d'une nuit où elle s'était promis de ramener son père avant qu'il ne mourût. Mais, depuis quelques semaines, l'amour l'épuisait, éteignait Paris, l'été et les fêtes autour d'elle, voilait l'avenir où le seul point de repère était la perspective aléatoire de retrouver François dans la chambre de l'hôtel des Roches Rouges, à Piana, pour quelques heures d'étreintes qui la laisseraient, à son retour, chavirée de plaisir et de détresse. Elle ne passait plus qu'en coup de vent au Cancan, faisait un rapide tour de la salle après avoir demandé « si tout allait bien » à Madeleine dont elle n'avait jamais aimé la cupidité, la manière exaspérante de dire : « Quelle classe ! », en parlant de tel client qui se contentait de dépenser beaucoup ou avait « sa » bouteille. Elle saluait, avec une politesse d'héritière qui s'appliquait à être désinvolte, ceux qu'elle connaissait, encourageait Cocaïne qui, revenue, démaquillée, dans la salle et levant les yeux vers les spasmes irréguliers des ventilateurs, s'en désolait avant de lui demander s'il y aurait bientôt cette « lumière stéréoscopique » qui était, pour elle, le seul moyen de retenir Olivier, de l'empêcher de partir, en automne, à La Métamorphose. Puis elle revenait vers moi, me prenait le bras en me disant : « On va à l'appartement ?... » — que François avait loué en juin et où il lui avait promis de vivre avec elle, au moins trois ou quatre jours par semaine dès septembre.

Elle ramenait le foulard autour du cou, relevait les mèches grises et blondes emmêlées sur le front de son chignon à demi défait, y ajustait, tout en marchant, les deux peignes d'ivoire. Elle chaloupait sur ses hauts talons dans la brume de pluie chaude, les exhalaisons des vapeurs d'essence et de la poussière d'été qui avait coagulé sur les vitres et les pierres, les rampes des balcons et les volets fermés, l'odeur du rotin tiède et humide des fauteuils aux terrasses des cafés déjà ouverts, la douceur un peu fiévreuse des boulevards où le moindre promeneur de l'aube prenait un air de voyageur en transit et qui donnaient à Paris l'aspect d'une cité portuaire. Elle me disait : « Nous voilà célibataires, une fois de plus !... » ; nos vies avaient été si parallèles jusqu'à présent, nous avions vécu, à si peu de jours d'intervalle, tant de rencontres, d'amours ou d'adieux qui se ressemblaient, comme si l'un annonçait ce que l'autre allait vivre ou ressentir, que toutes ces correspondances fraternelles avaient fini par créer entre nous un lien aussi fervent que celui de l'amour.

Elle traversait l'appartement avec une sorte d'adoration retenue, d'émerveillement lointain — celui éprouvé dans le logement à la fois anonyme et familier qu'au cours d'un voyage on vous prêtait, pour quelques nuits, dans une cité étrangère : on l'aimait déjà mais on n'osait pas s'y attacher —, caressait les objets disséminés dans le désert des pièces : la lampe de céramique bleue posée à même le sol, le fauteuil de cuir beige, l'aquarelle inclinée contre le bas d'une cloison. En y attardant la main qui tremblait d'une joie inquiète, elle semblait vouloir retrouver la lumière de l'après-midi de juin où pour les choisir, elle avait couru avec François, au bord du vertige, de magasin en magasin — de la rue Saint-Honoré au Marais — dans un état d'enfance irréelle, de soulagement exalté que se terminât enfin sa solitude dont elle répétait volontiers qu'elle était une « vocation » pour dissimuler qu'elle avait dû s'y résigner. Elle s'arrêtait sur le seuil de la chambre, appuyait le front au chambranle de la porte à demi repeinte ; mais ce n'était pas vraiment — bien qu'elle s'interrogeât à voix haute — à la teinte des papiers peints ou à la disposition des meubles qu'elle pensait (elle avait tant souffert du désarroi de son père après l'échec de son dernier film qu'il avait tenu à produire lui-même et elle se souvenait, avec un effroi triste, du soir de décembre où, après le passage des huissiers, elle se tenait à ses côtés dans l'immense salle à manger vide, pareille au hall d'une gare déserte après le départ du premier train : elle lui avait pris la main en lui disant qu'elle se moquait que le camion emportât le cheval doré à bascule, la collection de marionnettes et le piano où elle commençait à apprendre à jouer), mais aux gestes qu'elle y accomplirait bientôt avec François. Elle avançait dans la pénombre de la chambre, traversée par les premiers reflets de l'aube, s'arrêtait par endroits, tournait sur elle-même, les yeux mi-clos, comme si elle se livrait à des repérages amoureux, anticipait les scènes — d'approches, d'effleurements ou d'effusions —, réglait en songe la lumière, le climat, les variations de sons — le crépitement de la pluie sur les vitres, le glissement des flocons, les bourrasques de soleil ou de feuilles brûlées —, modulait le rythme des jours entiers qu'elle passerait avec lui sans devoir compter en secret les minutes qui la séparaient de son départ. Dans cette halte qu'elle connaîtrait enfin dans sa vie, elle pourrait poser la tête sur une épaule, se décharger de la fatigue des journées passées à devoir juger de tout, à s'assurer, heure par heure, de l'équilibre du groupe Trident, à diriger des hommes et des femmes envers lesquels elle se défendait de s'attendrir et à courir de séminaire en séminaire en illustrant les vertus d'une « communication » dont elle souffrait de n'avoir pas su vraiment la trouver pour elle-même. Le temps viendrait enfin de partager non pas tant les chagrins que ces joies qui lui apparaissaient si vaines dès lors que personne n'en était le témoin. Tranquillisée d'avoir trouvé un lieu d'escale, elle dénouait son foulard, le laissait traîner sur le sol, retirait les peignes de ses cheveux qu'elle balançait au bord des épaules. Elle enlevait sa ceinture puis ses escarpins, se délivrait du rôle de femme désinvolte et conquérante qu'elle s'était composé et que les autres attendaient d'elle en permanence, cessait d'être l'otage d'une force dont elle s'épuisait à maintenir l'image. En s'allongeant sur le lit recouvert d'un drap bleu lavande, encore froissé par leur étreinte du soir de juin où ils étaient, après leurs achats, revenus dans l'appartement, elle murmurait qu'il faudrait installer au plus tôt des voilages afin de ne plus apercevoir les lumières du Paradis qui continuaient à briller après l'aurore. Elle espérait qu'elles s'éteignent à jamais, car elles l'empêchaient de retrouver le clair-obscur qui régnait dans la rue Caumartin, le soir où elle était entrée, pour la première fois, au Cancan, emportée par la main de son père puis la ronde des vedettes qui la prenaient, tour à tour, sur leurs genoux dans les reflets des lettres d'or du cabaret.

Elle laissait pendre sa jambe hors du lit et je posais, en m'agenouillant, mes lèvres sur son genou — le seul contact charnel que nous n'aurions jamais. Je retrouvais, remontant, intacte, du fond de mon enfance à Saint-Arnaud, la douceur des jambes de Marie-Claire, le dimanche de juin où j'étais allé la rejoindre dans la hutte de joncs, de l'autre côté des marais. Elle me demandait de descendre ses bas depuis le haut des cuisses qui gardaient une odeur de laine d'agneau, de paille sèche et de blés mûrs. Je les déroulais si lentement, de peur de les écorcher, jusqu'à ce qu'elle m'ordonnât de m'arrêter, de les laisser flotter à la naissance du genou, où je devais appliquer mes lèvres pendant quelques minutes. Elle avait un sourire de reconnaissance et d'abandon ébloui, puis me laissait partir. Sachant que mon retard serait plus grave ce jour-là, je montrais plus d'affolement que de coutume en rentrant. Oubliant que j'abîmais le costume de tergal que j'étrennais, je me précipitais à travers les roseaux trempés, les berges de chardons du Bou Sellam gorgé par les orages de printemps et les tas de gravier sur les versants de la voie ferrée en réfection. Ce cri bref, quand j'entrais dans le hall de l'immeuble : c'était ma mère qui, immense et impeccable, m'attendait au haut des marches, raidie d'une colère solennelle dans son tailleur anthracite, piqué au revers d'un oiseau de perles. Elle s'était « pomponnée » toute la journée pour l'unique sortie qu'elle s'accordait depuis des mois : la séance de trois heures au Colisée avant, peut-être, d'aller goûter chez les Champetier dans leur maison de la cité des Cheminots. Elle me disait, en me saisissant la nuque avec ses doigts glacés que je « la tuais à petit feu », que je n'étais plus son fils, qu'on allait m'enfermer à l'asile de Tocqueville, et encore elle n'était même pas sûre qu'on arriverait à m'y arracher le « démon du vice » qui m'habitait. Elle s'était « saignée aux quatre veines » pour m'offrir ce costume que j'avais volontairement saccagé pour lui faire de la peine et, en traînant auprès d'une « fille de rien », lui porter un dernier coup dont elle ne se relèverait pas. Cette fois, c'en était fini ; elle allait se débarrasser de moi ; j'aurais cessé, bientôt, de lui faire faire du « mauvais sang » : cette expression que je prenais au pied de la lettre et qui m'épouvantait. Je m'imaginais que je bouleversais son rythme sanguin, que j'étais responsable de la circulation dans son corps, que, par ma faute, j'avais corrompu, d'un autre liquide, une sorte de venin pâle qui, dans son trajet funeste, détruisait, un à un, tous ses organes. Pour me prouver tout le mal que je venais de lui faire, me montrer qu'elle renonçait à la moindre sortie à cause de la honte qu'elle éprouverait désormais en marchant à mes côtés à travers les rues de Saint-Arnaud, elle déposait sur la table de la salle à manger son sac verni, décrochait son oiseau de perles, dégrafait, avec des gestes méthodiques malgré ses tremblements, la veste de son tailleur puis sa jupe avant d'apparaître dans sa combinaison bleu pâle, frissonnante de détresse et d'humiliation, telle une condamnée à laquelle on viendrait d'ordonner d'enlever tous ses effets, à l'entrée d'une prison. Puis elle s'éloignait sans même me regarder. Je l'entendais ouvrir la porte de l'armoire de la chambre : elle en retirait sa chemise de nuit et la revêtait avant d'aller fermer les volets de la cuisine — ce grincement progressif qui me dévastait — et de s'asseoir devant le bol qu'elle emplissait de café froid. Les coudes rivés à la toile cirée, elle se laissait recouvrir par la pénombre, comme si la nuit était déjà tombée, ou qu'on était en hiver, alors que, dehors, dans la lumière du début d'été, s'élevait la rumeur de fête — les acclamations qui saluaient une victoire au tir à l'arc, les vrombissements des modèles réduits d'avions qui devaient flâner dans le bleu du ciel au-dessus des champs de l'école d'aéromodélisme, les chansons traversant les jardins de la cité des Cheminots où on l'attendait, parce que ses visites étaient si rares. On l'aimait bien, au fond, malgré ses volte-face farouches qui déconcertaient, ses manières distantes de métropolitaine sans accent, réticente aux effusions, ses refus de participer aux kermesses ou aux pique-niques collectifs du lundi de la Pentecôte. On l'admirait de savoir tenir une maison sans l'aide d'une bonne et, grâce aux blouses et aux robes qu'elle cousait elle-même, de devenir, bien qu'elle fût l'épouse d'un aide-comptable, plus élégante que madame Lleu, la propriétaire de la minoterie où il travaillait. J'oubliais ses coups, ne songeant même pas à son injustice, à la disproportion de sa colère. Je la regardais depuis le couloir : voûtée et comme anémiée, elle paraissait à peine se relever de maladie alors que le rose inégal sur son visage semblait être plutôt l'effet d'un accès de fièvre que la fin d'un voile de fard. De moi-même, sans qu'elle me le commandât, j'allais m'enfermer dans la buanderie, seulement éclairée par le carré de la lucarne d'où j'apercevais en contrebas, sur la paroi de l'escalier, à demi effacée par le temps et les souffles de sable brûlant, la fresque de la moisson colonisatrice où les femmes, soulevant des gerbes d'or éteint, semblaient s'éloigner de plus en plus dans l'ocre passé du ciel et, emportées par la brume de fièvre sur les marais, me dire adieu pour la vie.

J'essayais, toute la nuit, de défriper mon costume, d'en enlever les taches de boue et de cambouis, d'extraire de la trame du tissu les épines des églantiers auxquels je m'étais accroché — une à une, avec un soin halluciné, comme si je pouvais effacer ainsi, à distance, chacune de ses rides de sacrifice. Aveuglé par mes pleurs de remords et d'effroi, je m'acharnais à démêler si ce qui l'avait blessée à ce point était ma tenue saccagée ou ma visite à Marie-Claire. Mais incapable de réparer quoi que ce fût, épouvanté par la prolifération des taches que je n'avais fait qu'aggraver sur mon costume, entêté par l'odeur de salpêtre, de rouille et d'écorce corrompue qui flottait dans ce réduit d'opprobre, je me sentais prêt à rejoindre les enfants aliénés que je voyais parfois passer dans le vieux car légué par la Compagnie des Oasis et qui leur servait de fourgon de promenade : leurs visages alignés, si pâles en plein été et prématurément bouffis, ballottant, en même temps, au gré des cahots, pareils à ceux de marionnettes de laine, tenues par les bras invisibles des infirmiers, leurs cheveux ébouriffés, rabattus de chaque côté comme si on venait à peine dc leur retirer leur camisole de toile, juste pour le temps du trajet à travers la plaine, leurs poignets maigres, où se devinaient les marques des lanières de cuir qui les avaient emprisonnés, plaqués contre les vitres blanchies par la poussière de sirocco et les yeux écarquillés, vides — pareils à des greffes de verre sans couleur — levés vers les balcons et les branches des palmiers qui scintillaient à peine sous le ciel brûlant et gris. J'étais persuadé que ma place était parmi eux qu'on avait punis parce qu'ils avaient fait faire du « mauvais sang » à quelqu'un — à une mère, peut-être, qu'ils étaient condamnés à ne plus revoir. Là-bas, je n'aurais plus ni nom, ni visage, personne ne penserait plus à moi et on oublierait que j'avais fait du mal. Et combien de fois dans ma vie, depuis, m'étais-je contraint, écervelé et privé de tout ressort nerveux, à leur ressembler, à me conformer à l'image d'exil mental, de paralysie cérébrale qui était la leur — implorant, du fond du silence infernal des chambres où je me cloîtrais, un pardon pour des fautes qu'emporté par un besoin panique d'expiation je m'imaginais avoir commises, des dommages que je croyais avoir causés, un mauvais sang dont je supposais être la raison. Je préférais le laisser couler en moi-même, exsangue de toute volonté, ahuri d'impuissance et de regret, épuisé par la lente remontée du cours d'un remords dont je n'arrivais jamais, tel un sourcier perdu, à détecter l'origine.

Je guettais le frôlement de blancheur de sa chemise de nuit derrière les volets jusqu'à ce que s'éteignît le dernier éclat de rire de Marie-Claire qui, pendant la nuit de fête, avait entraîné, à tour de rôle, les garçons du village derrière les remparts des sacs de semoule. Puis il y eut une longue plage de silence, à l'aurore, à peine troublé par l'arrivée, sur l'esplanade de la gare, du camion des Messageries. Ce que j'attendais, en fait, c'était le grincement des persiennes de la cuisine quand, très tôt, avant même le lever du soleil, elle tendait entre les pans de bois vert un chiffon de poussière qu'elle agitait en une série de secousses de plus en plus heurtées. Mais, ce matin-là — c'était, du moins, ce que j'espérais pour me délivrer d'un intolérable serrement de cœur —, le mouvement du chiffon aurait la douceur tremblée d'un signal de détresse qu'elle m'adresserait d'abord en silence, en me laissant deviner qu'elle avait besoin de moi. Puis, la voix tendue par cette véhémence rauque qui lui servait à masquer son émotion, elle me demanderait de me dépêcher de changer de tenue : elle serait heureuse que je marche à ses côtés dans les rues de Saint-Arnaud pour aller jusqu'à la cité des Cheminots présenter nos excuses aux Champetier ; réconciliés dans l'enclave de fraîcheur de leur jardin, nous les regarderions arroser jusqu'au soir les parterres de violettes et de pois de senteur.

Mais les volets étaient restés fermés bien avant, dans le matin, et je m'étais décidé à sortir de la buanderie, à traverser la terrasse déjà brûlante et à me glisser dans la cuisine où seul demeurait le bol vide. Ce halètement irrégulier qui venait de la chambre : c'était elle, étendue sur le lit, dans sa chemise de nuit où la reprise, à l'épaule droite, était si ouvragée qu'on aurait dit une broderie supplémentaire. Ses doigts recourbés sur le rebord du drap, semblables, tant ils étaient aiguisés de maigreur et de crispation nerveuse, à des serres flétries ; les yeux grands ouverts sur la pénombre de la chambre — comme illuminés par une douleur comblée d'être sans témoin — elle paraissait ne pas me voir. Ce passage de cécité dont, une nouvelle fois, elle était victime, je ne savais pas s'il était organique ou dû à une poussée extrême de la neurasthénie depuis l'après-midi de l'été précédent où, après avoir vu *Le Prince et la danseuse* au Colisée, elle s'était soudain arrêtée sur le chemin du retour, s'était mis la main devant les yeux, prise de vertige, avant de tâter frénétiquement ses prunelles, de les heurter du plat de la main, à plusieurs reprises, comme si elle voulait atteindre le centre d'une insupportable névralgie qui la faisait blêmir et lâcher son sac noir avant de s'écrier qu'elle devenait aveugle. Affolé, je lui prenais la taille pour l'empêcher de vaciller et l'aider à s'agenouiller en bordure du champ de glaïeuls sauvages qu'elle chiffonnait de ses doigts tendus dans un geste de supplication barbare vers le noir du monde et le silence de l'été qui se glaçait autour d'elle. Elle me demandait de lui dire ce qu'elle était en train de saisir et presque d'arracher avec la violence d'une peur désespérée qui refluait pourtant lorsque je parvenais à m'emparer de sa main et la guidais, plus loin, vers le velouté intact de l'ondulation des hampes dont elle se contentait d'effleurer la cime, en pleurant, alors que les reflets pourpres des glaïeuls revenaient vers elle. Elle revoyait, une à une, les couleurs du monde : le rose des arbres de Judée au bout du champ, le brun brûlé du chemin de latérite qui menait au Village Nègre, le bleu du ciel, le jaune de ma chemisette, l'or du bracelet qu'elle portait à ses lèvres comme pour le bénir de sa vue retrouvée.

Elle ne bougeait pas dans le lit et me faisait seulement comprendre, par un mouvement saccadé des lèvres, qu'elle avait besoin d'un peu de fraîcheur sur sa bouche et ses joues qui lui brûlaient. J'approchais la cuvette emplie d'eau ; elle ne prêtait attention qu'à l'égouttement du gant que je trempais puis essorais avant de le porter à son visage, de lui traverser le front et de le passer le long des tempes — veillant à ce qu'aucune goutte ne retombât sur le col festonné et le ruban de sa chemise de nuit. Cela aurait pu être la main d'un infirmier ou de monsieur Champetier ; elle ne se rendait pas compte que c'était moi, son fils, qui étais à ses côtés et lui murmurais qu'elle ne se saignerait plus « aux quatre veines » pour m'acheter aux Nouveautés ce costume que j'avais abîmé par mon insouciance. Je lui promettais de ne plus aller de l'autre côté des marais pour y retrouver Marie-Claire, et ce fut en entendant son prénom qu'un sourire de contentement las, de joie épuisée s'était inscrit sur ses lèvres.

Il fallut des mois — le temps qu'elle se remît du rhumatisme articulaire qu'avait diagnostiqué le médecin — pour que j'ose reprendre à nouveau le chemin de la hutte de joncs. Mais je me contentais de regarder Marie-Claire de loin, caché dans la forêt de roseaux, juste avant les marais, à l'ombre des miradors des anciens colombiers, tel un interdit de séjour rôdant autour d'une région natale qu'il ne pourrait rejoindre sous peine d'être foudroyé. Quand il m'arrivait de la croiser dans le hall du Colisée, je détournais la tête pour ne pas rencontrer son regard étonné et triste et ne courrais à nouveau vers elle que pour lui dire adieu, très vite, le matin de l'Indépendance, dans le désordre des larmes et des valises que ses parents se hâtaient d'entasser sur le toit de leur 4CV. Plus jamais je n'effleurerais sa peau, demeurant à la lisière du désir que j'avais pu avoir pour elle. Toute ma vie, je le tiendrais suspendu ainsi au bord du corps des femmes, à la frontière de leurs lèvres et de leurs hanches que je me retenais, à la fois apeuré et curieux, d'étreindre, comme si une sentinelle intérieure s'approchait pour voiler aussitôt la promesse d'une volupté qui resterait à l'état de regret. Fidèle aux commandements de ma mère dont la réprobation résignée à l'égard de la chair n'était pas due à une pudibonderie aigre — il y avait en elle trop d'orgueil et de générosité blessée pour y céder — ni à un besoin amer de revanche sur sa vie manquée. Non, tout simplement parce qu'à force de ne pas aimer et de croire qu'elle ne l'avait jamais été, elle avait fini par anesthésier en elle l'idée même du plaisir et de l'amour, comme si, un soir de plus grande solitude, dans une ultime contraction de son corps et de sa mémoire, elle avait procédé elle-même à l'ablation d'un organe qui la gênait. Lorsque, devant elle, on évoquait des histoires d'amour dans ces commentaires collectifs qu'elle n'acceptait qu'à contrecœur sur le trottoir, à la sortie du Colisée, elle baissait la tête et, dans un mouvement de crispation presque imperceptible, serrait davantage son sac contre elle, comme si elle cherchait à contenir un élancement douloureux, provenant d'ultimes fibres de nerfs qu'on aurait oublié d'extraire à la fin d'une opération. Quand on sollicitait son avis, elle avait un rire coupant, d'indifférence moqueuse, comme si l'amour était devenu à ses yeux un accessoire désuet de la vie, pareil à l'une des pierres de fièvre, trop éclatantes pour n'être pas maléfiques, que les bohémiennes du Mali proposaient à travers les rues de Saint-Arnaud en ouvrant leurs tabliers et dont elle se détournait brusquement avec un réflexe de peur agacée.

II

J'allais m'asseoir, le matin, au square La Bruyère, les yeux levés vers les balcons déserts et, sous le toit blanchi par la poussière brûlante, la fenêtre de la chambre de William où le carré de tissu frémissait un peu, parfois, comme si une main s'apprêtait à le soulever. C'était, avec sa voix que j'entendais encore me dire : « Alors, c'est décidé?... Tu ne viens pas?... », l'odeur de la chambre — de plâtre toujours légèrement humide, de décoction de menthe et de fin de bâtonnet d'encens — qui, déjà, me manquait le plus. Elle m'aurait suffi pour pallier son absence tandis que je me serais étendu sur le lit en recherchant, pour mettre en scène mes jouissances solitaires, la forme de son corps parmi les draps qui gardaient la moiteur de nos siestes de juin.

Quand je redescendais vers mon quartier, je croisais le vieil Auguste dans la rue des Petits-Champs. Il portait, comme d'habitude, le panier flapi où se devinait une bouteille de whisky — son achat prioritaire. On n'apercevait presque plus ses yeux sous les paupières boursouflées par la nuit blanche qu'il avait passée car il attendait toujours l'aube pour s'étendre. Il écoutait inlassablement jusqu'à l'aurore la musique du tiroir-caisse dont il avait réussi à hériter juste avant que le bar, où il travaillait, ne fût vendu. Il en faisait jouer le mécanisme détraqué à force d'avoir été manipulé ; cette cantate grinçante et tristement irrégulière qui, pendant le jour, semblait continuer à résonner dans ses nerfs et lui communiquer, par la débandade des sons à l'intérieur du corps, ce sautillement à la fois allègre et pathétique, cette démarche désarticulée de légionnaire d'opérette qui ne savait qui étreindre de son bras gauche, lancé en avant d'un air martial et désemparé. Sur la poitrine blanchie et parcourue de rides de maigreur, oscillait la Croix du Sud, réplique de celle que portait Serge, le jeune étudiant qu'il avait rencontré en décembre, aux Diamantaires, et qui — en échange de cadeaux et de dîners auxquels Auguste consacrait ses dernières économies — lui donnait une illusion de luxure en lui présentant sa poitrine nue, quelques minutes, à contre-jour dans un de ces exercices de narcissisme dont il était coutumier : il voulait simplement s'assurer de son pouvoir sur Auguste qui s'efforçait de garder à plat sur le divan sa main qui tremblait de désir retenu. Le rose incandescent de ses joues semblait dû à une exposition excessive aux U.V. du salon d'Anthony qui, par pitié et vieille amitié, lui avait offert récemment une séance gratuite après le massage de nuit qu'il s'accordait une fois par mois dans l'appartement-institut où je le croisais parfois. Son pantalon violine moulait exagérément ses hanches fluettes de garçonnet — à moins que ce ne fussent les décennies d'alcool qui avaient amaigri son corps à ce point. Il avait toujours un mouvement presque imperceptible de recul lorsqu'il m'apercevait, une sorte de réflexe amer, de très léger sursaut de rage blessée qui le faisait se souvenir qu'il avait décidé, depuis la fermeture du bar, de tous nous exclure de sa vie comme s'il ne nous pardonnait pas de lui rappeler ce qu'il avait tant aimé. Puis repris par son instinct de tendresse, que rien n'avait altéré, par un de ces très anciens besoins d'effusion qui donnaient à son visage la grâce chiffonnée d'un enfant qui aurait voulu éternellement se durcir et n'était qu'implorant, il m'adressait un signe depuis l'autre trottoir. De crainte, peut-être, que je ne fusse témoin de son dénuement, il ne voulait pas que je l'accompagne dans ses courses et préférait, si j'avais un moment, entrer au square Louvois.

Mais il allait aussitôt se réfugier sous les feuillages du marronnier qui avaient déjà les teintes de l'automne, repris par son horreur du soleil, par l'épouvante qu'il ressentait devant une trop grande clarté du jour et comptant déjà, comme s'il était condamné à traverser une région sinistrée du temps, les heures qui le séparaient de la nuit, de son retour salvateur. Elle seule pouvait s'accorder à son rythme cardiaque, arrêter cette suffocation qui faisait frémir en permanence ses cordes vocales, comme asphyxiées par des ondes lourdes de lumière. Il contemplait le tronc fissuré de l'arbre, connaissait par cœur les régions encore irriguées qui avaient cicatrisé, mais aussi cette excavation où affleurait, privée de sa gaine d'écorce, la membrane nue, d'un vert si pâle, presque translucide, parcourue par un chapelet de gouttes de sève séchée. Il suivait l'oscillation des reflets atténués du soleil des zones encore vivaces à celles déjà nécrosées comme si le tronc était devenu le miroir de son corps et de sa vie et qu'il se demandait, avec sa foi superstitieuse, de quel côté son existence allait basculer. Puis il s'abandonnait au silence du square et regardait, soulagé de se trouver à l'écart du soleil, retomber au loin l'eau de la vasque de la fontaine sur les couronnes de fleurs tressées des nymphes qui semblaient disparaître dans les vapeurs de lumière. Comme je lui demandais à quoi il employait ses journées, il redressait le dos et, ajustant sur les poignets les manches de sa chemise pour se redonner un air de dignité, me répondait qu'il profitait de son inactivité pour tout changer là-haut. Sa main s'élevait et dessinait des cercles voluptueux comme s'il avait entrepris, en en tapissant lui-même les murs d'une toile beige rosé, de faire de sa mansarde, à hauteur de ciel, de la rue Montpensier, la plus raffinée de Paris. Pour me prouver son ardeur au travail, il me montrait ses doigts écorchés — oubliant que la plupart des cicatrices provenaient de sa chute un soir d'hiver, sur le trottoir verglacé de la rue Caumartin, en sortant devant moi du Cancan. Il voulait « rafraîchir » son appartement afin que Serge s'y sentît à l'aise lorsqu'il reviendrait dans quelques jours à Paris, le 21 juillet, cette date qu'il répétait d'une manière hypnotique et à laquelle tout l'été se résumait à ses yeux. Puis il me tendait l'unique carte — un voilier sur l'Océan — que Serge lui avait envoyée depuis son départ au début du mois. Il y avait un mot qu'il ne parvenait pas à déchiffrer juste avant la signature. Selon les instants, dans la fièvre de l'enquête hallucinée qu'il menait, il y voyait soit un indice de tendresse — il se rengorgeait de plaisir et, avec une expression de bravade émue semblait vouloir dire : « Je suis encore capable de plaire !... » —, soit une simple formule de politesse — son visage était envahi par une pâleur maussade ; et dans un accès de dénigrement intérieur, il paraissait s'adresser à lui-même en martelant : « Mais qu'est-ce que tu t'imagines à ton âge ?... »

Pour le sauver du tourment de cette oscillation entre euphorie et désillusion, je lui demandais où il en était de son projet de voyage avec Simone — son amie de la rue des Moulins — à Mers-les-Bains où elle possédait une maison. Bien qu'il sût qu'il aurait eu moins peur de l'été là-bas, imaginant un paysage sans arête aveuglante ni réverbération solaire, avec une bruine tiède, un sable couleur d'orge mouillé et des ciels d'ambre d'où se serait retirée toute la lumière du monde, il baissait la tête, incapable de concevoir un avenir qui ne serait pas traversé par Serge et éprouvant une sorte d'aversion ennuyée pour tout ce qui ne se rapportait pas à son amour. Peut-être était-il en train de renoncer doucement à ce voyage, prêt à avancer le prétexte qu'il n'aimait pas quitter Paris. Dans ses déambulations, il ne franchissait jamais les limites du quartier : aller jusqu'à Saint-Germain-des-Prés ou même atteindre les guichets du Louvre était pour lui une aventure ; la place Colette représentait, à ses yeux, une frontière à partir de laquelle mourait Paris. L'unique entorse à cette fidélité magique envers les cafés et les boutiques qui demeuraient les seuls vestiges de sa jeunesse était de se rendre, depuis quelque temps, au carrefour Saint-Maur. Il se postait sur le trottoir face à l'immeuble de Serge. Retranché sous la voûte d'un porche, étourdi par la rumeur d'un quartier inconnu où il semblait s'être glissé avec la prudence traquée d'un interdit de séjour, il suivait les variations des rougeoiements assourdis du ciel sur les vitres du studio, à l'angle du sixième étage. Grâce à l'acuité supplémentaire de vue que lui donnaient la tension de l'amour et le regret de l'absence, il parvenait à distinguer le halo vert des plantes dont il avait espéré en vain, jusqu'à l'heure de son départ, que Serge lui demandât de s'occuper. Il sursautait chaque fois qu'il croyait voir la chambre s'éclairer. Mais ce n'était que la propagation des reflets des fenêtres voisines. Il s'abandonnait à la douceur du souvenir du soir de juin où Serge l'avait fait monter pour la première fois, ressentait à nouveau dans ses mains la tiédeur de la rampe du balcon où il s'était appuyé en entendant l'écho des glaçons que Serge scindait sur le bord de l'évier. Il demeurait sur le trottoir, hypnotisé par le fauteuil de rotin où il était resté assis — une heure peut-être —, le verre serré dans ses mains, écoutant Serge évoquer tous les plaisirs qu'il se promettait de connaître pendant l'été, qu'il prendrait sans lui, mais qu'il encourageait en répétant : « Ah, oui... ça va être bien !... Tu dois en profiter !... A ton âge... », par instinct altruiste mais aussi pour que Serge n'interprétât pas son silence comme une réticence rancunière d'éternel solitaire. Les yeux toujours levés vers le balcon, il ne cessait de faire glisser la Croix du Sud sur sa poitrine comme s'il voulait retrouver le geste exact de Serge qui, s'inclinant soudain vers lui, l'avait prise entre les doigts, avait feint d'en évaluer la teneur en or avant de lui effleurer les lèvres avec le nuage de duvet qui recouvrait sa joue. Sur cette esquisse de baiser reposait désormais toute la vie d'Auguste. Elle lui suffisait — sans qu'il imaginât jamais aller plus loin dans le rapprochement de leurs peaux —, son unique espérance étant que cette ébauche de caresse se reproduisît le soir de juillet où Serge reviendrait. Seul le déferlement du rideau de fer que l'épicier sénégalais abaissait derrière lui le tirait de son rêve de volupté. Alors il recommençait à marcher, étourdi par l'intensité de sa contemplation et la virulence de cet amour qui venait le surprendre au soir de sa vie avec d'autant plus d'âpreté que ressuscitait la chair à laquelle il ne songeait presque plus ; qui, à force d'abstinence (hormis le massage de nuit où il arrivait à jouir sous les caresses d'Anthony) lui semblait être devenue réfractaire à toute étreinte. Et lui qui, depuis quelques années, prétendait goûter une sorte de paix dans l'exil des sentiments et du désir auquel — croyait-il — le condamnaient l'âge, l'excès des désenchantements et la vision de son corps voûté qu'il lui arrivait d'apercevoir par mégarde dans la glace à l'angle de la rue des Petits-Champs et dont il se détournait aussitôt avec un effarement moqueur, il se laissait envahir par une jalousie sensuelle en imaginant Serge étendu, nu, avec d'autres garçons de son âge dans les dunes des plages naturistes. Maudissant pêle-mêle juillet, l'Océan et l'ascendant de l'adolescence dont il s'indignait qu'elle le laissât ainsi en rade, il en venait à souhaiter — dans cette phase de rancœur exaltée — qu'une succession de nuits de tempêtes noyât l'été. Puis il semblait ne plus savoir où il se trouvait, s'il devait s'abandonner au ressentiment ou à l'indulgence, victime d'une de ces irrégularités de la perception, d'une de ces éclipses de la préhension de la vie que la solitude, le retrait des fêtes et les sommeils décalés n'avaient fait qu'empirer. Parce que l'ombre s'éloignait du banc où nous étions assis, désertait les feuillages du marronnier, il était repris par sa peur du jour et cherchait un impossible secours dans les tremblements de fraîcheur des plus basses branches. Il se baissait vers son panier, y fouillait avec une frénésie désemparée puis le secouait à plusieurs reprises. Il avait — disait-il — oublié, là-haut, son porte-monnaie. Je ne tardais pas à lui tendre les quelques billets qu'il saisissait avec une pudeur affolée. Il les comptait et les recomptait du bout de ses doigts osseux pour me prouver qu'il se souviendrait de la somme exacte et balbutiait qu'il me les rendrait au plus tôt. Puis il se levait et s'éloignait brusquement, comme traqué par un cataclysme de lumière. Alors qu'il atteignait déjà le milieu du square, je lui lançais que je l'invitais, le soir même, aux Diamantaires. Rassuré de retrouver en moi un compagnon de la nuit, il adoptait une allure plus lente sous le bleu minéral du ciel et promenait, avec une nonchalance presque moqueuse, son couffin sur le rebord de la fontaine.

Sous la verrière du Café de la Paix, il sirotait sa Marie-Brizard avec une paille. Concentré sur chaque gorgée, il oubliait l'urgence des jours, cessait de les anticiper, arrêtait de bâcler en pensée le temps pour parvenir à une date où il n'était même pas sûr d'être heureux. Accordé à nouveau à la nuit d'été, il se métamorphosait. Ses paupières perdaient, peu à peu, leur boursouflure. Ses yeux réapparaissaient, envahis par des vagues de bleu. Un bleu étonné, lorsqu'il se risquait à regarder les garçons étrangers qui longeaient la verrière, qu'il pût exister d'autres corps que celui de Serge. Et son amour, au lieu de s'affoler de ne pas rester fidèle à lui-même — mais c'était aussi son appréhension de perdre une exultation, même douloureuse, vers la fin de sa vie, qui en assurait la force et la durée —, s'élargissait et se confondait avec le très profond désir de protéger, ce très ancien besoin d'aider, cette lueur d'un sacerdoce altruiste qui, à nouveau, l'envahissait, en dépit de la plainte qu'il émettait parfois d'être harassé de sacrifice et de don de lui-même. Submergé par l'admiration tendre qu'il portait au monde entier, il abandonnait son verre ; la paille, emperlée d'alcool, basculait sur ses genoux, il projetait ses coudes en avant, ses lèvres s'entrouvraient, comme s'il avait envie de tous les prendre sous son aile, de leur lancer, de loin, les noms des hôtels les moins chers du quartier, des dancings où ils étaient sûrs de s'amuser, prêt même à leur indiquer le chemin du Paradis. Il restait ainsi dans un déséquilibre de générosité qui ne savait comment s'exercer, de bonté muette et désorientée par la rapidité avec laquelle ces fils rêvés disparaissaient dans l'ombre du boulevard des Capucines.

Aux Diamantaires, il avait voulu aller s'installer à la table proche de celle où Serge était assis, le soir de décembre où il l'avait aperçu pour la première fois — autant ébloui par lui que par les grains de la poudre de diamants qu'il se flattait toujours de découvrir sur le sol du restaurant, tombée, à midi, de la poche d'un joaillier du quartier. Pour éloigner peut-être l'image de Serge qui, au même instant, devait dîner avec des amis dont il enlaçait les épaules sur la terrasse des Hortensias à La Trinité-sur-Mer, il se lançait avec un excès de volubilité qui dominait la musique du piano dans une floraison d'histoires anciennes. Il les faisait remonter de plus en plus loin dans le temps, évoquait ses vingt ans, les dimanches du Rocambole à Villecresnes où ils se rendaient, en bandes, en prenant à la gare de Lyon un train qui, empli de leurs chansons, avait l'allure d'un convoi d'opérette en route vers un armistice en dentelle. Dans sa hâte à vouloir tout embrasser, de ce passé-là, il commençait à confondre les époques et lorsqu'il butait sur le souvenir d'un visage ou d'un lieu de fête qu'il ne parvenait plus à nommer, il s'indignait de ses propres amnésies. Comme s'il voulait s'en punir, il se frappait à plusieurs reprises du plat de la main le front découvert qui, avec ses rares cheveux gris tirés en arrière — il avait un peu trop forcé sur le parfum —, ses pommettes saillantes, ses joues rentrées et son teint qui s'empourprait à mesure qu'il buvait du vin de Corfou, lui donnait un air de Mongol grimé. La fin de cette époque avait peut-être été — il y revenait toujours en agrippant sa Croix du Sud — le matin de l'enterrement de Lucrèce qui, une fois le corps descendu en terre, avait pris l'aspect d'un cocktail noir avec Cocaïne, Lady Lys, les travestis de Chez Aldo, à Montparnasse, ou venus de cabarets de Genève ou de Milan, qui rivalisaient d'affliction tapageuse, se répandaient en calomnies sur les absents, agitaient leurs foulards quand ils se reconnaissaient de loin entre les tombes, chaloupaient sur leurs hauts talons qui se cassaient dans le gravier des allées lorsqu'ils accouraient les uns vers les autres, se passaient, pour se consoler, la bouteille de bourbon et médusés de se retrouver ainsi en plein jour, excédés de s'être laissé prendre au piège d'un chagrin et de larmes qui leur brouillaient le teint, semblaient s'excuser mutuellement de n'avoir pas su trouver le maquillage adéquat pour un matin de funérailles.

Lorsque s'arrêtait de tourner ce manège de gala et de deuil par lequel il se grisait, il levait les yeux vers la frise et ses pâtres endormis dans les collines de plâtre rosé d'une Grèce poudreuse — ce seul pays où il ait jamais rêvé d'aller, vers lequel il avait failli partir, l'été dernier, avec Simone, si, au dernier moment, il n'avait été repris par sa peur du soleil, comme s'il ne concevait de voyage que nocturne ou dans l'ombre des saisons. Tourné vers la glace panoramique où, dans la rumeur de la pluie d'été, se noyaient les reflets des tables de marbre gris, il se souvenait, avec une détresse éblouie, d'un autre moment du soir de juin où Serge l'avait fait monter chez lui : sachant qu'il ne supportait la lumière que réfractée dans des cloisons de miroirs dépolis, Serge lui avait dit après l'avoir invité à s'asseoir sur le divan : « Tout à l'heure j'éteindrai tout... Tu verras juste les reflets de Montmartre dans la glace... Tu vas aimer, j'en suis sûr... » Hypnotisé par cette promesse, envahi par l'espoir que Serge prît le prétexte de l'obscurité et du spectacle des reflets pour venir le prendre dans ses bras et l'entraîner peut-être vers la chambre, Auguste se tenait coi, n'osant prononcer la moindre parole de crainte qu'elle ne suscitât son énervement. Il préférait imaginer par avance les caresses de l'ombre sur sa poitrine qu'il commençait à découvrir en dégrafant un, puis deux boutons. Après une des éclipses dont il était coutumier pour mieux aiguiser chez Auguste la volupté douloureuse de l'attente, Serge lui criait du fond du couloir : « J'ai une surprise pour toi !... » puis apparaissait devant lui, portant sur son corps nu une toge patricienne, et dans ses cheveux noirs, drus et bouclés, une couronne de lauriers. Ce costume — déclarait-il avec un accent de narcissisme triomphant, d'immaturité glorieuse et cette impunité rayonnante que lui conférait l'hypertrophie de la confiance en lui-même — lui avait valu le premier prix de beauté lors d'une fête costumée qui s'était déroulée, le samedi précédent, dans une maison de Vincennes. Pour mieux l'étourdir de désir et d'admiration, il se mettait à danser avec une alternance calculée de langueur — au bord de l'abandon — et de précipitation, effleurant au passage le visage d'Auguste qui s'évertuait à sentir un gage de tendresse dans le frôlement répété du tissu. Tiraillé entre la tentation hagarde de le saisir et la nécessité de garder son sang-froid, de ne pas compromettre, par un geste trop audacieux, la promesse d'un plaisir que Serge avait peut-être déjà décidé en secret de lui offrir, il ne parvenait pas à capter la moindre région de peau que Serge, d'ailleurs, s'ingéniait à lui dérober par l'accélération de ses mouvements. Il l'oubliait déjà et s'abandonnait à l'éblouissement de lui-même en se regardant tourner devant la glace jusqu'à ce que, ayant épuisé le vertige d'adoration qu'il portait à son propre corps, il s'éloignât dans l'ombre du couloir. Tel un comédien à la fin d'une représentation, il revenait, revêtu d'un peignoir, et s'asseyait à ses côtés pour lui montrer les photos de la soirée. Chaque fois qu'apparaissait un garçon costumé, il soulignait — n'en ayant jamais fini avec l'inventaire de ses succès — qu'il avait été courtisé par lui et laissait planer un doute savant sur le fait qu'ils avaient terminé la nuit dans le même lit. Comme Auguste plissait les yeux, dans la concentration qu'il mettait pour vaincre sa jalousie, Serge lui dit : « Je crois que tu ne vois pas très bien... Je vais mieux éclairer... » Alors que tout s'illuminait, son visage se creusait de déception et de peur, comme si le soleil de midi revenait le harceler du fond du ciel ; il savait que la nuit ne descendrait pas sur eux et que, ce soir encore, il n'aurait pas la moindre chance de lui prendre la main dans l'ombre de la pièce traversée par les seuls reflets de Montmartre. Et cette douleur qui l'avait rendu si pâle, Serge l'avait prise pour un signe de faiblesse cardiaque ou une crispation d'ennui, si bien qu'il s'était exclamé, dans un accès de mégalomanie boudeuse : « Tu te désintéresses de moi !... », avant de se lever et de s'éloigner à nouveau. Mais cette fois, c'était pour lui crier, du fond de la chambre, qu'il allait se préparer pour rejoindre des amis qui l'attendaient dans un café de la Bastille — lui, il trouverait facilement, en cette saison, un taxi au coin de la rue Saint-Maur.

Les yeux levés vers l'été éteint de la frise, au-dessus de la glace où ne glissaient que les silhouettes des serveurs désœuvrés, il chaloupait de tristesse et de dérision de lui-même, en accompagnant de ses doigts la valse du piano. Je prenais son poignet pour qu'il ne renversât pas le bouquet d'œillets et le énième verre vide devant lui. Il me souriait alors, apaisé de retrouver en moi le compagnon des années de la rue Thérèse — quand, enlacés par l'ivresse, nous ne faisions encore qu'imaginer avec des rires apeurés, lorsque je le raccompagnais, le temps où nous devrions nous contenter de baisers de hasard ou de la fréquentation des gigolos du quartier auxquels on glissait un billet supplémentaire pour qu'ils introduisent dans la mécanique du plaisir un geste de tendresse, fût-il de comédie. Je n'osais pas lui dire qu'il me restait une marge : celle de l'amour que William me permettait de lui porter en silence. Même si, ces derniers mois, il m'accordait de moins en moins d'étreintes, épuisé par la reprise de *L'Enfant de l'étoile* dans un théâtre du XXe, il me suffisait de dormir à ses côtés, d'effleurer son dos de mes lèvres et, les nuits de chance, de le prendre dans mes bras quand il se retournait, sans le vouloir, vers moi. Je demeurais ainsi des heures, tremblant du plaisir de pouvoir librement contempler la grâce sombre de son visage endormi, les boucles emmêlées dans sa nuque par les souffles tièdes de la nuit de juin et les grains de beauté qui étoilaient ses épaules. Je parvenais ainsi à oublier les premières lueurs de l'aube qui glissaient sur les objets que m'avaient laissés, avec la largesse triste de ceux qui n'avaient pas d'héritiers, mes amis qui s'étaient éteints ces dernières années — en souvenir d'eux et pour me montrer leur reconnaissance de les avoir accompagnés jusqu'à leur dernier souffle, d'avoir arpenté, les bras chargés de fleurs et revêtu de cette blouse bleue flottante qui vous donnait l'allure d'un fantôme gauche, les couloirs de l'hôpital où j'accomplissais désormais les seuls voyages de ma vie, jusqu'à la chambre au seuil de laquelle je me tenais en arrêt, quelques instants, le cœur perdu, anxieux de la découvrir déjà vide ou désinfectée. Mon appartement avait fini par devenir un capharnaüm funèbre, un musée des amis disparus au centre duquel rayonnait le petit cheval de bois rouge, constellé de fleurs peintes, que Daniel avait ramené de Suède : sur son lit du pavillon Geneviève, avec son pauvre sourire d'enfant qui se demandait pourquoi on l'avait puni, il l'avait gardé jusqu'au bout, blotti au creux de sa poitrine, les minuscules sabots de céramique noire lui déchirant presque la peau diaphane, comme s'il voulait le loger dans son cœur et l'emporter avec lui. C'était au tour d'Auguste de me prendre la main, alors que, dans la glace des Diamantaires, s'abaissait l'ombre de l'aile du piano que l'on fermait. J'avais le cœur serré en songeant qu'André, mon plus ancien camarade, les rejoindrait bientôt. Chaque soir, à sept heures, il me téléphonait de la chambre de l'hôpital de Montpellier où il était entré au début de l'été. Du fond de son lit, il ne distinguait que la cime des pins des jardins de l'hôpital et, à la nuit tombante, les reflets des phares des voitures qui revenaient des plages. La belle saison se ramenant pour lui à un souffle d'asphalte et de résine brûlée qui pénétrait par le bas de la fenêtre entrebâillée, il me demandait quelle était, au même instant, la couleur du ciel de Paris, me faisait préciser les nuances de gris, de bleu ou de mauve, la qualité de lumière, la densité et le parcours des nuages, surtout après la pluie comme s'il y puisait une illusion de fraîcheur. Malgré mon désir de lui rendre, une nouvelle fois, visite, il insistait pour que je demeure à Paris, comme si j'étais, à ses yeux, le gardien des bonheurs qu'il y avait connus, et je devais évoquer le quartier du Luxembourg où il avait vécu et où il s'était promis de revenir, quand il y aurait une rémission en septembre, sans doute. Il refaisait mille fois d'avance en pensée cette promenade pour laquelle il rassemblerait ses dernières forces car il ne pouvait pas mourir sans revoir Paris. « On fera la tournée des grands-ducs », s'écriait-il avec une jubilation à peine inquiète et se jurant de dépenser, en quelques nuits blanches, l'argent qu'il venait de recueillir de la vente de sa boutique d'antiquités. Je n'osais pas le détromper, lui répondre que, depuis son départ, beaucoup de bars avaient été fermés, ou déjà transformés, que Le Petit Bonheur où il avait régné n'existait plus, qu'il ne restait au fond que Le Cancan.

III

Jamais on n'avait cru cela possible : des jeunes du Paradis qui envahissaient le cabaret. Ils étaient si beaux — et mon cœur se serrait en pensant que William entrait peut-être, en ce moment, dans un dancing de Carloforte — avec les mêmes sandalettes, bermudas et débardeurs blancs qui moulaient leurs torses et leurs épaules où semblaient scintiller des traces de sel, comme s'ils remontaient à peine d'une plage dans la douceur d'un soir de Riviera. Par leur seul éclat, ils faisaient reculer très loin l'horizon de satin rose fané du hall. Ils allaient s'accouder au comptoir où Gérard Drancourt, suffoqué par leur incursion, tentait de maintenir « sa » place en se raccrochant à la rampe dorée. Il n'apparaissait plus que comme une vigie désemparée sur un pont qui tanguait démesurément, avant de s'écrier, raidi dans un maintien de suffisance affolée, vers Madeleine dont il essayait de capter l'attention, en inclinant la tête sur le côté du bouquet de cosmos blancs : « Ah, non !... ça ne va pas devenir une annexe du Paradis, ici !... » Mais Madeleine qui, pendant quelques secondes, faisait semblant de l'approuver, de partager son indignation était trop ravie de ce qu'elle considérait comme l'ébauche d'une nouvelle clientèle. Avec la naïveté fulgurante que lui donnait la cupidité, elle imaginait déjà une hémorragie du public du Paradis en direction du Cancan, et leur lançait : « Alors, mes enfants, qu'est-ce que je vous offre ?... » Comme s'il se sentait trahi, il exagérait sa grimace offusquée — alors qu'on avait dû simplement lui marcher sur les pieds —, et criait, empourpré par une rage qui le décoiffait : « Vous n'allez pas faire la loi, ici !... » Mais déjà l'un des garçons lui répliquait, dans un tourbillon de rires : « Mais si, justement !... »

Auguste souriait de voir ainsi mortifié quelqu'un qui le dédaignait depuis qu'il ne jouait plus aucun rôle dans la nuit de Paris. Il jubilait d'autant plus que Madeleine demandait de venir l'assister derrière le comptoir. Il maniait les bouteilles avec une dextérité appuyée pour prouver que l'âge n'avait, en rien, altéré ses gestes d'antan, adressait, de loin, des remarques au portier, comme si le cabaret, soudain, lui appartenait, et il interpellait ceux qui entraient par des plaisanteries du passé qui ne cadraient pas toujours avec la clientèle du Cancan. Il éprouvait une fierté secrète d'avoir, lui aussi, « un jeune dans sa vie » — comme certains s'en flattaient volontiers, ici — et se mettait à rêver que Serge à son retour de La Baule entrerait peut-être, un soir, à ses côtés, au Cancan, tandis que la Croix du Sud oscillait, dans tous les sens, sur sa poitrine blanchie tendue au-dessus du comptoir.

Pour les rassurer, leur montrer qu'il était leur allié, il essayait d'attirer l'attention des anciens qui serraient davantage les mains sur leurs verres, repris par la peur de se retrouver à la rue, sans plus aucun endroit où se réunir et condamnés à errer dans l'ombre des quais du canal de l'Ourcq ou des chantiers des Tuileries où ils s'adressaient, de loin en loin, de petits signes de reconnaissance, tels des exilés clandestins qui, dans un pays étranger, attendaient la nuit pour se rencontrer et se chuchoter, comme des mots de passe, des souvenirs d'une patrie perdue.

Le seul à ne pas considérer les jeunes du Paradis avec une méfiance éblouie — là-bas, au fond, dans la pénombre — c'était le propriétaire du Berry. Il baissait les yeux au moment où l'un des garçons se dirigeait vers lui pour enlever la chaise qui demeurait vide, en face. Mais au moment où il s'apprêtait à la soulever, il lui demandait : « Vous n'êtes pas le propriétaire du Berry ?... »

Le vieil homme eut d'abord un mouvement de recul — ce très ancien réflexe d'homme délaissé —, presque d'effroi, qu'on pût se moquer de lui, et osait à peine, dans un balbutiement apeuré — lui qui semblait toujours s'excuser d'exister —, répondre : « C'est bien moi... » Mais le garçon le rassurait déjà en reposant la chaise pour s'asseoir à ses côtés ; il prenait son épaule qui semblait inéluctablement fléchie et lui disait qu'il était content de le reconnaître, de le retrouver ici. Il était né à Belleville et, pendant toute son enfance, il était allé presque chaque après-midi au Berry par passion, pour retarder aussi le moment de rentrer chez lui et de recevoir, au passage, un coup de ses parents aveuglés par leurs querelles. Le soir, il aimait regarder de la fenêtre de sa chambre, où il se cloîtrait, les lumières du fronton, attendait qu'elles s'éteignent pour s'endormir. Même dans son sommeil, elles continuaient à lui tenir compagnie, l'avaient aidé à espérer qu'un jour il s'en sortirait. Au bord des larmes, le vieil homme lui disait, avec une timidité mélancolique, comme pour se faire pardonner ce déclin : « Il n'y a plus de néon... On ne le voit plus de loin... » Son obsession, sa principale tristesse était que personne ne l'apercevait, comme avant, du fond du boulevard de Belleville et même des hauteurs de Ménilmontant, et qu'il finirait de se confondre avec les anciens magasins de tissus et de marchands de couleurs condamnés. « Ne vous en faites pas, je pourrais y aller les yeux fermés... », lui disait le garçon en lui tapant doucement sur l'épaule avant de se lever et de rejoindre ses camarades. Le rose défunt des parois du Cancan paraissait s'éclairer autour du vieil homme qui se redressait peu à peu dans un mouvement de fierté émue. Peu lui importait, aujourd'hui, d'être seul, de n'avoir rien que le cinéma où les spectateurs étaient les seuls enfants de passage dans sa vie ; il ne rêvait même pas — comme il s'y abandonnait parfois — qu'un soir le bleu cobalt du néon du Berry se remît à briller autant que celui du Paradis ; mais il n'avait plus honte de l'odeur de velours fané et de verre roussi qu'il savait attachée à ses vêtements, à sa peau, et par laquelle il se sentait enveloppé ce soir comme par les bras d'un garçon aimé. Pour ne pas risquer de ternir le miracle de cette soirée au Cancan, il se levait déjà, mais sans la précipitation traquée avec laquelle il gagnait d'ordinaire la porte du cabaret. Pour la première fois, il osait se tourner vers Madeleine, lui adresser un signe fébrile, presque enjoué, qui resterait peut-être, pour lui, le comble de l'audace. Il ne remettait pas sa veste de daim vert, la balançait sur son épaule, étourdi par la décontraction qu'il se permettait enfin. Il avançait avec une nonchalance grisée sur le trottoir, se risquait à dévisager avec une gratitude euphorique et indistincte tous ceux qu'il croisait. Il suffisait de si peu — pensais-je —, d'un regard, d'un geste, de quelques mots pour changer l'existence d'un vieil homme, lui donner envie de continuer à vivre.

La colère — le souvenir de son humiliation quand on lui avait refusé l'entrée du Paradis, le serment qu'elle s'était fait, alors, de n'admettre aucun de ses transfuges — allait submerger Cocaïne, qui arrivait du fond des coulisses. Mais, à mesure qu'elle approchait du comptoir, elle se maîtrisait, se rappelait le devoir de la nuit qui lui commandait de ne manifester aucun ostracisme et de ne jamais exclure qui que ce fût. Tandis qu'ils applaudissaient Olivier, qui entamait la chanson du cirque en faisant virevolter sa baguette jusqu'au scintillement désaxé des étoiles de stuc, elle était reprise par son appréhension jalouse de le perdre — non pas qu'elle eût jamais éprouvé pour lui une quelconque attirance charnelle mais il restait le compagnon indispensable, le confident des petits matins qui, en l'écoutant dans l'appartement qu'ils partageaient par contrat au-dessus du Cancan, lui avait permis d'oublier « le grand amour de Genève » qu'elle évoquait, quand on l'interrogeait sur son absence de Paris pendant plusieurs années, d'un air mystérieux, meurtri et illuminé. Il lui échappait, croyait-elle, depuis la nuit de décembre où, s'approchant du Viennois, elle avait vu le disc-jockey du Paradis qui, sur la dernière banquette, embrassait Olivier en enfonçant les bras sous la doublure en satin rouge de la cape de scène avec laquelle il avait filé entre les deux parties du spectacle. Enveloppée, dans son fourreau noir, par les tourbillons de poussière glacée, elle était paralysée par le sentiment de son abandon et de ce qu'elle considérait comme une trahison : pourquoi était-ce un employé du Paradis qui, sous la frise des violons peints et des portées de notes évanouies dans le bleu pastel d'un ciel d'Autriche d'opérette, amenait Olivier contre lui en lui soufflant peut-être qu'il était temps, pour lui, de s'émanciper et de partir à La Métamorphose où il aurait droit à cette « lumière stéréoscopique » dont il rêvait et qui embrasait Le Paradis ?

Dans un sursaut de fierté désemparée, elle répétait, en me prenant par l'épaule, que c'était elle qui l'avait lancé et lui avait tout appris. Puis elle tentait de se rassurer en ajoutant que, soir après soir, il continuait à lui demander de la maquiller — cette séance de deux heures avant le spectacle, où elle veillait, comme il l'exigeait, à ce que chaque millimètre de peau fardée fût parfait (même si Lady Lys prétendait que ce soin était absurde puisque personne, dans la salle, ne pouvait se rendre compte d'une telle minutie). Elle cherchait des yeux le quatuor de gigolos, cette dernière garde auprès de laquelle — les nuits de découragement ou de doute sur son propre pouvoir — elle allait se réfugier. A eux, elle pouvait raconter, avec une vanité panique, qu'on la réclamait dans les meilleurs cabarets de Milan ou de Munich, qu'elle ne demeurait à Paris que par fidélité envers Le Cancan, tandis qu'elle se mettait à mimer à toute allure des sketches qu'elle venait d'écrire ou improvisait pour prouver qu'elle avait encore mille idées : le temps n'était pas arrivé pour elle de « passer le flambeau ». Mais l'été les avait dispersés. Même Andréa avait fini par se laisser convaincre par Jacqueline de la suivre dans sa villa de Cavalaire. Et, de la clientèle du cabaret qui, d'habitude, partageait ses affres, ses indignations ou ses triomphes, il ne restait, ce soir, que Gabrielle Mayen. Encore habillée de sa robe noire d'ouvreuse d'après-guerre dans laquelle elle avait posé, tout l'après-midi, dans un escalier de la rue Lepic pour une publicité de la firme Mercedes, elle était trop occupée à séduire deux Américains qui — voyant en elle une aubaine pour conjurer l'ennui de leur voyage de vieux couple à travers l'Europe — l'invitaient à séjourner avec eux dans un relais-château de Bretagne et, pourquoi pas, ensuite, dans leur ferme du Connecticut, pour toute la durée de l'été indien.

Mais les jeunes s'en allaient déjà, rappelés en vain par Madeleine qui leur lançait qu'elle leur offrait un verre « gratuitement ». Cocaïne n'attendait pas que le dernier ait franchi le seuil pour s'écrier, dans un éclat de rancune soulagée : « Laisse-les partir... Tu ne vois pas qu'ils s'ennuient ici ! » Ce qui faisait écho à ce que, un jour, elle m'avait dit de William : « Il n'est pas à l'aise, ici ! » et, avec une réprobation sèche : « Qu'est-ce qu'il a à se refermer comme ça ?... » en le voyant se replier dans l'ombre de la banquette avec un air de contrition crispée — le plaisir de sentir que sa jeunesse était sanctifiée au cabaret s'évanouissant, au fil de la soirée, derrière la gêne de côtoyer ceux qu'il n'osait pas, pour éviter de me blesser, appeler « des vieux » et son dédain pour un spectacle qu'il jugeait « au-delà du démodé ».

Il étouffait au Cancan et voulait partir — avait-il fini par me dire avec une brusquerie inhabituelle, une tension presque hostile que j'attribuais au fait qu'il était resté enfermé, toute la journée, à enregistrer des textes qu'il devait présenter, à la rentrée, à France-Culture : il n'était jamais satisfait, une fois la cassette terminée, de sa diction, de la qualité de sa voix, du halètement qu'on percevait entre les mots, de la rumeur de la rue Pigalle qu'on entendait — croyait-il — en arrière-fond. En avançant sur le trottoir de la rue Caumartin, il se palpait le lobe de l'oreille avec l'index — ce geste enfantin qui m'attendrissait et me faisait accepter de m'éloigner déjà du cabaret. Il avait voulu aller s'asseoir à la terrasse du Viennois mais, les mains raidies sur les lattes de cuir bleu du fauteuil, il souriait à peine de ce que Richard Lantier tournât, là-bas, tel un fauve médusé, autour de la Lancia de Jacqueline, inquiet moins de son absence que du sort de sa boutique future de Saint-Tropez. Peut-être, au moment où William lui demandait la composition des cocktails du Viennois, le serveur, épuisé à la fin de la nuit, ne lui avait-il accordé qu'une vague attention, lui répondant du bout des lèvres. William, traversé de frissons de colère, s'était soudain levé et, manquant renverser la table, s'était écrié : « On s'en va !... »

Tétanisé par une rage désemparée, il courait presque devant moi, me laissant désorienté, incapable de l'arrêter, de saisir, pour les rabattre, ses poings qui battaient dans le vide, tandis qu'il répétait : « Je ne suis rien !... », personne ne l'écoutait, ne lui répondait, il n'avait droit à aucune « considération ». Il était prêt à se ruer contre les rideaux de fer abaissés de l'Olympia, comme s'il avait voulu forcer à nouveau les hauts murs du jardin de ciment où, à la pointe d'Endoume, face à la rade de Marseille, son père le maintenait cloîtré des étés entiers. Après avoir levé ses poings noués vers le ciel, il les ramenait devant lui, comme pour en marteler la poitrine d'un père imaginaire qui, immense, occuperait tout l'espace du boulevard, le punir de son indifférence, l'obliger à le regarder, le supplier de l'aimer, alors qu'il criait, d'une voix plus étranglée : « Tu ne m'aides pas !... » Sa main vibrait tant que je n'arrivais pas à la prendre comme si elle était celle de l'un des petits aliénés de Tocqueville qu'un matin de juillet j'avais vus descendre vers les bains de soufre où on les emmenait de temps en temps. Il s'était éloigné de ses camarades qui, assis et immergés jusqu'au cou dans les eaux sulfureuses, leurs têtes rondes, molles, rasées dodelinant dans les vapeurs comme des ballons de chair, oscillaient au gré des souffles de sirocco, avec parfois des couinements, pareils à ceux des renards blessés qu'on ne retirait pas immédiatement des pièges posés aux alentours des fermes et qu'on laissait agoniser dans le silence du matin d'été. Sans doute oublié, dans sa blouse grise et ses sandales de bois, il errait, balourd, perdu, la main figée, tendue en avant, dans l'ombre des arbres de Judée contre lesquels il butait parfois. Quand il parvint à ma hauteur, je la lui pris pour qu'il ne tombât pas dans les ornières du chemin de latérite et, aux frémissements si violents qui parcouraient ses doigts, j'eus l'impression qu'il se souvenait peut-être du nom qu'il avait avant, de ceux qui l'avaient aimé ou accompagné à travers les rues et les jardins de Saint-Arnaud. Il s'accrochait à moi et, dans une ronde affolée, laissait traîner tout autour ses genoux rabotés par la terre durcie pour que je ne m'en aille pas et l'aide à revenir vers le village et la vie en me confiant ses poignets encore rougis par les lanières de cuir qu'on lui avait attachées pendant la nuit. Mais il a suffi que j'entende le sol du chemin martelé par les pas de l'infirmier qui courait à sa recherche pour que, comme pris en faute, je lâche aussitôt la main. Je me souviendrai toujours, alors que l'infirmier l'emportait, des larmes au bord de ses yeux si lointains, où il y avait tous les reproches silencieux du monde. Pendant tant de nuits, j'ai cru l'entendre pleurer, là-bas, dans la salle de l'asile de Tocqueville, ne pouvant même pas porter ses mains liées à ses yeux gorgés de pleurs, alors que, suffoqué de remords dans ma chambre, fenêtre ouverte sur le ciel brûlant et jaune — comme tout entier envahi par les vapeurs de soufre des Bains —, je serrais très fort, au creux de ma paume, la cordelette de chanvre que j'avais retrouvée dans le chemin avec la plaque rectangulaire de métal où était poinçonné son numéro d'enfer.

Toute la colère de William — une fois regagnée la chambre du square La Bruyère — s'était résolue dans le cours des larmes qui noyaient son visage. Mais je ne savais pas vraiment sur quoi il pleurait, la tête renversée hors du lit. Sur tout, peut-être : sa mère disparue dans un accident alors qu'il n'avait que trois ans et dont il gardait en permanence la photographie sur le cœur (radieuse, dans l'ombre du drap qu'elle venait d'étendre au soleil sur la terrasse de la maison d'Endoume), le souvenir de Denys qui l'emmenait danser au Paradis jusqu'à l'aube où ils se blottissaient l'un contre l'autre sur la banquette bleue du Viennois, les voix des rôles qui lui échappaient, les dons qu'il n'aurait pas le temps de voir s'épanouir car il se savait peut-être condamné et n'osait pas me l'avouer. Tandis que, ce soir-là, je me sentais davantage lié à lui par une pitié tourmentée, la conscience de l'aumône qu'il me faisait de sa jeunesse en me permettant de rester à ses côtés et par le désir pour ses lèvres que les larmes rendaient plus voluptueuses, il murmurait, penché vers le vide de la chambre traversé par les premiers éclats de soleil : « J'ai peur... », comme si son père, après l'avoir découvert en train de se grimer dans sa chambre, le balançait à nouveau au bout de ses bras, le menaçant, tel un voltigeur criminel, de le lâcher à chaque seconde dans le désert de la rue d'Endoume. Mais comment aurais-je pu l'aider, l'apaiser vraiment, alors que j'étais obligé, au nom d'une prétendue sagesse que l'âge m'aurait conférée, de lui cacher ma propre peur qui ne m'avait pas quitté depuis le jour d'été où on avait emmené, pour la première fois, ma mère à l'hôpital.

Elle se tenait repliée au fond de la banquette de la 203, si pâle et parcourue de frissons malgré la chaleur de midi, les mains rivées au manche de son sac verni posé sur les genoux. Tandis que monsieur Champetier refermait le coffre sur sa petite valise où elle emportait sa chemise de nuit, ses chaussons en lustrine rose, mais aussi sa « belle robe » des Nouveautés dont elle voulait qu'on l'habillât « au cas où » — cette locution qui m'épouvantait car je n'osais pas comprendre le moment où elle revêtirait son unique tenue de cérémonie —, elle me disait qu'elle avait « tout laissé en l'état » avant d'ajouter, avec cette fierté triste qu'elle me léguait, que j'étais « le maître à bord ». De quoi ? De l'appartement désert vers lequel je remontais, où la première chose que je voulais retrouver d'elle était, dans l'armoire demeurée entrouverte, comme si elle attendait que je l'en retire, le petit gilet, déjà imprégné de l'odeur des boules de naphtaline. Je le prenais sur mes épaules, le cœur serré à se rompre comme si j'allais mourir, en m'asseyant à sa place devant le bol encore empli de lait tiède où elle avait à peine trempé les lèvres. Je restais ainsi jusqu'à ce que le vent brûlant m'apportât l'écho de la musique de L'Idéal parmi les effluves des jasmins corrompus et des nèfles gâtées qui éclataient dans les jardins. Puisque j'étais seul, désormais, je pouvais aller au cabaret — là où on disait, au village, qu'entraient seulement les femmes et les hommes de « mauvaise vie » : cette expression qui me médusait car je ne comprenais pas pourquoi on la scindait ainsi, et que, dans un élan de vengeance désespérée, je décidais d'embrasser pour toujours en jubilant de m'y perdre. Au début de l'allée de L'Idéal, sous la vieille couronne d'ampoules roses et jaunes qui ne parvenait jamais à s'éclairer tout entière — à moins que ce ne fût l'épaisseur du sable incrusté qui en dissimulât la lueur —, je me laissais envoûter par les odeurs mêlées d'anisette, de formica roussi, de sciure récemment mouillée, de glace empilée dans les seaux de fer et d'eau de Cologne répandue à la hâte sur des peaux fiévreuses. J'essayais de gonfler ma poitrine frêle, de hausser les épaules, de contracter les traits, de durcir les lèvres afin d'apparaître plus âgé et être admis par les hommes déjà ivres. Je reconnaissais parmi eux notre voisin, monsieur Noia (« Si tu as besoin de quelque chose, adresse-toi à lui... », m'avait dit ma mère) qui, toutes les trois minutes, se levait en agitant les mains, dans des mouvements alternés de rage épuisée et de tendresse hagarde comme s'il hésitait à frapper ou à enlacer l'ombre de sa femme partie, depuis quelques mois, en métropole. Mais ce n'était pas la peine de tenter de capter son regard ; elle me prenait déjà la main, la femme aux souliers en peau de serpent que, du haut du balcon, j'avais vue, tant de fois, traverser Saint-Arnaud, balancée par les rafales de sirocco et ne marquant de temps d'arrêt qu'aux carrefours, comme si elle ne se souvenait pas de la topographie de son village natal et ne savait quelle orientation donner à sa marche et à sa vie. Si elle m'emportait au passage vers l'intérieur de L'Idéal, sans me regarder, ni se soucier de ce que je ne fusse qu'un enfant, c'était juste pour soutenir son vertige, lui éviter de s'affaler tandis que, dans une valse démantibulée, elle me faisait tourner sur la vague piste de danse, improvisée au milieu des tables reculant, à mesure, dans un chaos de grincements, de jurons, d'encouragements exaltés ou moqueurs qui fusaient vers moi et m'intronisaient dans cette « mauvaise vie » qui aurait toujours à mes yeux la couleur sanguine du comptoir, des nappes, des corsages et du rideau de scène. Elle me lâchait soudain, me laissant retomber parmi le cercle des hommes dont les mains, encore poudrées de semoule, se tendaient pour me prendre et me relancer tour à tour jusqu'à ce que j'arrive auprès de monsieur Noia qui arrêtait net ma ronde ahurie et me ramenait vers sa poitrine avec la protection gauche d'un père de hasard.

Auguste revenait de derrière le comptoir. Le Cancan se vidait. Madeleine n'avait plus besoin de lui. Il titubait un peu. Il avait, au passage, entre deux verres qu'il servait, ingurgité quelques whiskies. Il devait — me disait-il — accélérer le travail, se remettre à appliquer la tapisserie de très bonne heure : le 21 juillet, c'était presque demain. Il ne voulait pas que je le raccompagne, s'éloignait, en frôlant les guidons des scooters, sur le trottoir le plus obscur. Sous la crânerie excessive qu'il adoptait pour dompter l'ivresse, il était repris par la fièvre — ce mélange d'espérance et de peur qui le ferait s'arrêter à chaque angle du boulevard et sortir de la poche de son caraco la carte du voilier sur l'Océan, pour vérifier que Serge ne l'avait pas oublié. Puis, assis sur un banc du square Louvois, face au marronnier, il se mettrait à prier, comme devant un tabernacle, pour que la vie lui apportât, non pas la chance d'être aimé de Serge — cela, il n'osait même pas le concevoir — mais la possibilité de toujours le revoir, de lui consacrer ses dernières forces.

À l'autre bout de la rue Caumartin, on avait exceptionnellement ouvert, à cause de la chaleur qui montait avec l'aube, les portes de La Champmeslé, ce bar, d'ordinaire clos et obscur, hormis le tableau éclairé d'amazones qui traversaient une forêt rose et grise. C'était le rendez-vous des Adriennes qui, campées sur les marches, telle une garde cuirassée de dédain hostile et de sévérité justicière, semblaient s'interdire le moindre geste d'abandon, de grâce ou de frivolité qui les aurait fait déchoir du rôle de guerrières intraitables et réfractaires à toute exhibition de plaisir qu'elles s'étaient imparti. Elle se tenait toute menue, parmi elles, ma sœur Isabelle. Elle ne leur ressemblait pas même si elle avait adopté un peu de leur uniforme : sans maquillage, les cheveux très courts, le pantalon marron, le chemisier aux teintes sourdes, les sandales plates, l'absence de tout bijou (elle retirait même, avant d'arriver, les boucles d'oreilles — les minuscules abeilles de grenats — qu'avant de mourir lui avait léguées Juliette), pour tenter de s'accorder à leur troupe rigoriste qui voyait un gage d'invulnérabilité dans l'austérité du costume et la hauteur martiale du maintien. Elle se détachait, Isabelle, comme une frêle silhouette de lumière égarée au milieu de la caste sombre, avec son éclat de sincérité à fleur de peau, son rayonnement de fragilité avouée, tandis que son corps frémissait du désir d'entraîner les autres dans le moindre élan de joie, d'amour de la vie qui la traversait, cette ardeur de fête dont elle vibrait aussitôt qu'elle entendait au loin une rumeur de bastringue. Mais, surveillée par les Adriennes, elle n'osait pas s'élancer vers Le Cancan. Retenue par le coude par Dany qui, dans sa sveltesse sèche, avait l'allure d'un page glacé, elle m'adressait de loin un petit signe gêné, comme si elle s'excusait de n'avoir pas réussi à se délivrer d'elle, à secouer la tutelle empoisonnée qu'elle exerçait sur elle depuis des mois bien qu'elle se fût lassée de l'aimer, épuisée par la répétition de ses caprices froids, de ses départs brutaux, de ses retours éplorés, de ses supplications rouées — toute cette comédie noire qui avait ébranlé Isabelle, au point qu'en décembre, lorsqu'elle attendait Dany, des soirées entières, à La Champmeslé, le front contre les vitres embuées, les yeux fixés sur le trottoir gelé où mouraient les lumières du Paradis, son visage n'était plus que celui — rétréci, implorant — d'un furet blessé qui semblait ne plus pouvoir courir sur la terre des amours.

Mais déjà Agnès, leur grande prêtresse, leur demandait de regagner les banquettes dans l'ombre de La Champmeslé. Au nom de L'Atalante qu'elle dirigeait parallèlement, elle ferait le énième bilan du Gala de l'Association qui s'était déroulé, en juin, dans un gymnase de Boulogne, avant de convenir des dates de leurs prochaines réunions dans un appartement de Saint-Germain où, sous sa houlette, elles rédigeaient, à longueur de soirées, des manifestes périmés avant même d'être conçus, élaboraient des plans de bataille contre un ennemi inventé (l'État, les hommes, les séductrices : la cible variait en fonction du degré de ressentiment de la soirée). Elle surveillait, de sa place, toute tentative d'effusion et dès que l'une des jeunes femmes osait, en fin de nuit, enlacer les épaules ou embrasser la nuque de sa compagne, Agnès, aussitôt, pour la détourner de cette ébauche de dérive sensuelle, l'interpellait, la sommait de donner un avis sur un point de détail de l'organisation des Adriennes, substituant la polémique au désir puisque, dans l'ambiance de guerre imaginaire, tout semblait à l'ordre du jour — sauf l'amour. Plus que jamais, Isabelle renâclait à entrer. Quand je balançais plusieurs fois la main vers elle, elle esquissait le geste de s'écarter de Dany, de fendre le groupe des Adriennes et de descendre les marches de La Champmeslé, en se laissant entraîner par les bribes de musique du Paradis qui, dans la rue, se mêlaient à celles du Cancan ; mais déjà Dany la retenait par la main tout en lui soufflant sans doute à l'oreille des paroles d'affection de passage. Elles lui suffisaient, à Isabelle — tant était profond son besoin d'entendre quelques mots tendres, quels qu'ils fussent —, pour paralyser en elle ses velléités d'adieux.

Je savais que — chaque fois qu'elle s'apprêtait à recouvrer sa liberté — une vision, aussitôt, s'imposait : celle de ma mère qu'elle aurait abandonnée, là-bas, dans la nuit de la terrasse, ce remords fantôme qui continuait à surplomber sa vie entière. Au fond, rien n'avait changé depuis le soir du bal de Saint-Arnaud, à la fin juin. Alors que nous courions dans les allées des buvettes avec les autres enfants qui se lançaient les uns aux autres les noms des plages où ils allaient passer leurs vacances en métropole, et juste avant que la fête ne culminât dans le tirage de la tombola, il y avait, dominant les cuivres de l'orchestre du Croissant d'Or, le cri de ma mère qui nous appelait et nous demandait de rentrer. Ce cri démesuré et rauque, malade et ferme, qui me coupait le souffle, arrêtait net mon envie de courir et de vivre, me donnait l'impression — tant était fulgurante cette asphyxie de la joie — que je perdais mon cœur, devenu un noyau de chair qui ballottait et semblait se dissoudre dans les profondeurs de ma poitrine. Peut-être était-ce là l'origine de l'arythmie qui, toute ma vie, allait commander l'irrégularité de mes perceptions et de mes sentiments, en ordonner l'alternance d'emballements et de chutes, provoquer ces soudaines défections, ces abattements chroniques qui, parfois, me faisaient lâcher la rampe du comptoir, au Cancan, et me rabattre le dos aux miroirs pour tenter de les dissimuler. Chiffonnant de tristesse dans ma poche le billet de tombola qui ne servait plus à rien, j'arrivais à peine à résister à la pression d'Isabelle qui me tirait en arrière pour ne pas rentrer, et me suppliait de lui laisser le temps d'accomplir un dernier tour de bal dans sa robe aux volants en taffetas or, de profiter d'une bouffée de musique que le vent brûlant nous amenait dans le désert de la rue Ampère. Pleine de révolte, elle raclait de la main, en entrant dans l'immeuble, la fresque de la moisson pour l'écailler davantage, troubler le silence du hall qui annonçait celui de la chambre où notre mère était déjà, sans doute, étendue, les mains posées à plat sur le rebord du drap afin qu'il restât impeccable. Elle se dérobait, ensuite, allait se glisser au bout de la terrasse, se juchait, au risque de tomber, sur l'angle de la dernière balustrade d'où elle réussissait à apercevoir le croissant d'or peint sur la toile surplombant l'estrade où se déroulait le tirage de la tombola. Elle le regardait, émerveillée et triste, frissonnait de plaisir et de regret chaque fois qu'un chiffre était clamé au micro et que grandissait le triangle de lumière accompagnant la montée du gagnant, qui demeurait invisible. C'était, chaque fois, un coup au cœur, une étoile qui paraissait s'éteindre, un lot qui s'éclipsait, une autre chance de la vie qui passait. Inquiète, sans doute, de ne pas nous découvrir dans nos chambres, ma mère apparut, survoltée de douleur et de volonté dans sa chemise de nuit que le vent enflait et faisait claquer tout autour d'elle — cette sphère de blancheur qui lui échappait et la faisait ressembler aux très grands oiseaux du désert dont les ailes se hérissaient et dont le goitre se dilatait de frayeur lorsque, à l'approche des tourbillons de grêle, le ciel s'illuminait de pourpre au-dessus de la plaine de blés. Elle avançait vers nous, ses bras immenses et décharnés tendus en avant, de plus en plus courbée sur les dalles de ciment encore chaud. Sans que, médusés, nous ayons eu le temps de réagir, elle nous prenait tous les deux dans ses bras, nous emprisonnant dans une étreinte avide et désespérée, comme si elle voulait embrasser tout l'espace d'un monde — les rues, les jardins et les chemins des hauts plateaux — qu'elle ne pouvait plus rejoindre. Elle abîmait son visage dans les volants de taffetas or, plaquait les lèvres sur les cœurs brodés de la robe et ne trouvait de baume à son sacrifice que dans l'assurance que les habitants de la cité des Cheminots l'avaient admirée, tour à tour. Elle voulait en être absolument certaine et demandait à Isabelle : « Ils l'ont trouvée belle, hein ?... Qu'est-ce qu'ils t'ont dit ?... Qu'est-ce qu'ils t'ont dit ?... » Alors qu'Isabelle se lassait de lui répéter qu'on l'avait portée de véranda en véranda comme une princesse et essayait de se détourner pour suivre l'annonce du dernier lot de la tombola, il y avait dans ses yeux si pâles, qu'elle levait enfin, le gris du reproche qu'elle ne formulait pas : que nous cherchions, jusqu'au bout, à grappiller des bribes de musique, de chansons ou de récompenses. Pour ne pas risquer d'être atteints par les reflets des feux de Bengale qu'on allumait, sur les remparts du Village Nègre, elle nous amenait loin de la balustrade, rivée à nous qui avancions, enlacés, chaotiques et perdus, pareils à des naufragés dérivant vers une île noire où ne parviendrait plus le moindre écho de fête. Tout en agrippant mon épaule, elle me disait — chaque fois qu'elle devait, pour progresser, soulever son genou — : « Ah, mon fils !... ah, mon fils !... », avec à la fois la fierté convaincue de m'attribuer un pouvoir — de soutien, de guide —, qui dépassait largement mon âge, et la supplication affolée que je m'accorde en tout point à sa neurasthénie, partage au plus près ses découragements chroniques, son humilité angoissée, son goût de l'expiation, son exil de l'amour et son cœur malade. Dans le lit où elle s'allongeait enfin, après s'être appuyée, de tout son poids, à mon épaule, elle était soulagée non pas tant de rejoindre le havre de la chambre obscure que de savoir qu'elle nous avait écartés de la fête de juin, que nous avions préféré l'aider plutôt que de chercher à rejoindre les plaisirs du bal. Elle était éberluée, Isabelle, de ma pâleur, du désordre accablé de mes pas jusqu'à mon lit où elle se glissait sans rien dire, dans sa robe qu'elle semblait ne plus aimer en rejetant au loin la ceinture où était brodé le poney vert de la marque Carabi. Elle venait s'étendre avec moi, posait la tête sur ma poitrine, passait et repassait son oreille veloutée, charnue et chaude sur mon cœur pour en ramener vers elle les battements, leur imprimer un rythme régulier, comme elle l'avait fait, la veille, en se couchant dans l'enclos de la maison des Champetier sur le flanc des agneaux qui allaient être sacrifiés, comme elle le ferait à mes derniers moments car — je l'avais toujours su — elle serait la seule à mes côtés, la seule à qui je manquerais vraiment, qui aurait eu encore un peu besoin de moi, ne serait-ce que pour que j'aille la chercher, les nuits d'hiver, à La Champmeslé où, malgré les portes qui fermaient, elle continuait à espérer l'arrivée de celle qu'elle aimait sous la forêt éteinte des amazones.

IV

« Je crois que je peux me passer de François, maintenant... » me disait Hélène, d'une voix à la fois volontaire et blessée, dès que j'entrais dans son bureau où pâle, dans son tailleur rose — malgré son séjour en Corse —, elle ouvrait et refermait machinalement les dossiers, pianotait au hasard sur les touches du clavier de l'ordinateur qu'elle finissait par éteindre, tandis que, sur le mur, derrière elle, s'abaissaient les reflets de la vedette qui contournait l'île Saint-Louis. « J'en ai assez... assez de recommencer à l'attendre... » martelait-elle pour me prouver qu'elle se révoltait enfin contre l'état de soumission tourmentée dans lequel François la maintenait entre deux séjours qu'il lui concédait et dont elle revenait, comme aujourd'hui, épanouie et meurtrie.

« Tant pis si je sais que je ne retrouverai jamais un tel plaisir... » disait-elle, le visage tendu, incliné vers le vide, comme si elle luttait contre la conviction qu'elle ne rencontrerait plus d'homme qui s'accordât à ce point au rythme de sa peau, veillât à provoquer sa jouissance avant de céder à la sienne et qui — elle me l'avouait — ne lui avait jamais procuré autant d'extases répétées qu'à l'hôtel des Roches Rouges où ils étaient restés cloîtrés pendant trois jours sans même descendre vers les criques de Piana. Tandis qu'elle retirait la veste de son tailleur, sa peau paraissait traversée par d'ultimes frissons de volupté. Elle ne se rendait pas compte qu'elle abaissait puis relevait les bretelles de son bustier en soie jonquille — comme si elle mimait indéfiniment le geste qu'il avait accompli en entrant dans la chambre. Puis elle ramenait les mains sur sa poitrine, les croisait sur les seins pour ne pas laisser s'évanouir ce second corps qu'il lui avait inventé. Il avait laissé septembre dans le flou — me disait-elle, alors qu'elle posait la tête sur mon épaule et que je laissais glisser mes doigts sur son avant-bras nu. Il ne lui avait pas indiqué le moment à partir duquel ils vivraient ensemble dans l'appartement du boulevard Haussmann, lui avait à peine répondu lorsqu'elle avait évoqué — sans se plaindre pourtant — la lenteur des travaux qui ne risquaient pas d'être achevés à l'automne. « J'ai essayé de ne pas le heurter... de garder ma dignité » : ce pauvre mot qui ne nous avait jamais servi qu'à masquer, dans le domaine de l'amour, l'incapacité des rébellions et la détresse des capitulations. « Cette fameuse dignité... » reprenait-elle sur un ton d'orgueil las. Je l'imaginais si bien dans la voiture — lorsqu'il l'avait raccompagnée à l'aéroport —, repliée dans un maintien d'élégance étranglée de larmes secrètes, s'efforçant de plaisanter sur la rapidité avec laquelle il lui faisait traverser les forêts et les villages, et se mordant les lèvres pour retenir ses impulsions d'exigence panique, résister à la tentation d'implorer de lui la date à laquelle ils se reverraient à Paris. Quand, à l'aéroport de Calvi, elle s'était retournée pour lui adresser un signe du haut de la passerelle — et son visage, en me le racontant, se durcissait à nouveau dans un réflexe de peine rageuse —, elle l'avait vu s'éloigner à la hâte le long du bois de pins, pressé de rejoindre à temps, dans la villa louée pour l'été à Saint-Florent, sa femme dont il parlait avec une pitié ironique de façade pour la comédie du sang et des veines tranchées dont elle le menaçait rituellement.

« Je crois que je ne suis que de passage dans sa vie... » disait-elle, découragée par ses propres aller-retour entre volonté et abandon, détermination et désarroi. Elle choisissait de penser que les sentiments importaient peu à François, n'étaient à ses yeux qu'une sorte de gêne temporaire du cœur. Elle voulait à son tour les mutiler en elle avec une dureté d'emprunt, et s'exclamait — comme toutes les fois où un homme s'apprêtait à se retirer de sa vie —, dans une de ces formules canailles et désenchantées qui devaient enterrer en elle les candeurs d'un autre âge et sa croyance en l'amour : « Je ferais mieux de ressortir les vieilles affaires !... » — ses anciens amants qu'elle reverrait, ne serait-ce que pour éviter d'attendre le coup de téléphone improbable qui, à longueur de soirée, la maintenait cloîtrée dans son bureau. Elle affirmait s'en détacher déjà en promenant ses doigts sur le combiné avec une feinte indolence.

Elle fixait le dessin de la maquette — un dancing de fortune, dans le désert, sous les étoiles, de *Campagnes du Sud*, un autre film de son père — qu'elle avait fait encadrer. Elle regrettait de l'avoir abandonné pendant ces quelques jours, de l'avoir sacrifié — encore bouleversée de l'avoir découvert, essayant de descendre avec sa canne l'escalier de la maison de Clamart pour atteindre, dans le salon, le paravent, peint d'ondines, rescapé du décor des *Cœurs perdus*. Elle ne le laisserait plus jamais seul. Elle était en relation avec le directeur de l'Institut Louis-Lumière : il pensait organiser une rétrospective de ses films, à l'automne, sans doute. Son père reviendrait au Cancan, le soir de son anniversaire : elle s'en faisait le serment. Elle allait donner carte blanche à Cocaïne pour qu'elle préparât un « vrai gala », s'arrangerait — quitte à s'endetter — pour « rafraîchir » le cabaret. Elle n'avait plus besoin de l'aide financière de François qui, en juin, s'était engagé à « remonter » Le Cancan en débloquant des crédits de la Chase Bank (à l'inauguration de laquelle elle avait assisté, à la fois rayonnante et meurtrie, essayant, lorsqu'elle traversait les groupes d'invités dans son tailleur azur, de capter son attention, dans l'espoir qu'il l'appellerait pour lui demander de rester à ses côtés).

« Je crois que je peux me passer de François, maintenant », reprenait-elle comme un refrain d'exorcisme, une prière qu'elle adressait à l'amour pour qu'il se retirât d'elle, une berceuse destinée à endormir le retour de la douleur alors qu'elle apercevait devant elle, étalées sur le bureau, entre les piles de dossiers, les feuilles où il avait griffonné les plans d'aménagement de l'appartement du boulevard Haussmann. Elle disait mentalement adieu à la perspective d'une vie commune, cette halte dans son existence dont elle avait rêvé. De toute manière — ajoutait-elle avec une crânerie euphorique, en ouvrant son carnet de rendez-vous de travail dont elle se réjouissait qu'ils fussent si nombreux, dès le lendemain —, elle avait pris, depuis trop longtemps, le pli de la solitude, s'était créé tant de réflexes d'indépendance : elle se perdrait de vue si sa vie prenait un autre cap. Elle voulait profiter de la nuit de Paris, partir loin de ce bureau qu'elle finissait par haïr, tant l'air lui en semblait alourdi par la fièvre des attentes moites et rancunières.

Elle conduisait très vite dans le désert de Paris

où seuls se détachaient, de loin en loin, dans la brume grise, les « M » — au jaune soufre pâle — des bouches de métro entre les globes obscurs des arbres dont apparaissaient parfois, sous les phares, des pans entiers de feuillages cendrés et roux : étaient-ils brûlés par le soleil d'août ou avaient-ils déjà les couleurs de l'automne ? Elle ne bifurquait pas à la hauteur du boulevard Haussmann, passait au contraire sous les fenêtres de l'immeuble éteint comme si elle voulait s'habituer à l'idée de ne pas y habiter. Elle ébauchait un rire de parade devant la vitrine de la boutique de la rue Tronchet où elle avait commandé les rideaux de la chambre. Ils serviraient, disait-elle, en me prenant la nuque, pour l'appartement que nous habiterions ensemble vers la fin de notre vie — cette plaisanterie rituelle que nous avions chaque fois que nous nous imaginions abandonnés par ceux que nous aimions alors que sur son visage revenait cette grâce un peu moqueuse de fillette qui, malgré tous les adieux et les relations manquées, essayait de se convaincre elle-même qu'elle avait encore droit au bonheur.

V

Galvanisée par sa promotion au rôle de directrice artistique et la préparation du gala de septembre que lui avait entièrement confiée Hélène, Cocaïne s'était levée très tôt pour courir au marché Saint-Pierre où elle avait acheté des mètres de tissus. Là, devant moi, presque nue dans la loge du Cancan, les cheveux tournoyant dans le souffle du ventilateur qu'elle avait installé sur la coiffeuse, elle commençait à coudre : ce serait d'abord sa robe — dont elle voulait qu'elle fût la réplique de celle de l'actrice des *Cœurs perdus* — puis le costume d'Olivier qui lui avait promis d'apprendre la chanson du générique, tout en partant canoter à L'Isle-Adam, accompagné par le disc-jockey du Paradis : elle n'en avait conçu aucune jalousie, tant sa frénésie de travail lui en avait ôté le besoin. Elle songerait, plus tard, aux tenues de Lady Lys et de Vangelis s'ils acceptaient de faire relâche à L'Alibi et de participer au finale. Elle ne s'arrêtait de broder que pour promener les doigts sur la médaille que lui avait offerte, au cours de leur dîner d'adieu, son « grand amour de Genève », puis sur les plis de chair usée à son cou qu'elle appelait ses « vieux fanons ». Ils étaient encore imprégnés de l'odeur acide des compresses de synthol qu'elle y appliquait dès son réveil, persuadée que tous les spectateurs, à présent, les remarquaient, et qu'ils seraient décuplés, à leurs yeux, par la « lumière stéréoscopique » que réclamait Olivier.

Avais-je des nouvelles de William? — me demandait-elle. A peine — lui répondis-je — une carte distraite où son nom se perdait dans la nuée des signatures hâtives de ses camarades. Peut-être — pensais-je en regardant onduler au fond de la loge la toile brune derrière laquelle, à l'époque du plaisir, tant de clients amis venaient s'étreindre parmi les boas et les perruques — était-il, en ce moment, étendu avec quelqu'un dans une chambre de Carloforte, dont le vent soulevait les rideaux au rythme des caresses qu'il donnait ou recevait. Mon cœur se serrait d'envie mais je savais que je ne pouvais plus me payer le luxe de la jalousie, de ces constructions imaginaires, hallucinées et paniques prêtant à l'autre des pouvoirs sensuels qui n'étaient que le reflet hypertrophié de ce qu'on n'était plus en mesure de se permettre soi-même. Cette jalousie n'était que l'envers de la peur de rejoindre la région la plus sombre du Cancan où, sous le tableau de *L'Olympe aux dieux éteints*, les derniers plaisirs étaient le sourire de gratitude étonnée qu'on vous adressait quand vous aviez la chance de recueillir puis de tendre une écharpe tombée d'un manteau en hiver, une pochette au printemps ou un message froissé qui vous donnait l'illusion d'avoir saisi, au passage, une part d'amour. Et plutôt que de projeter sur lui une luxure d'autant plus ardente que j'en étais davantage éloigné, je préférais l'imaginer — quand il me disait vouloir « du temps à lui » — non pas à la recherche d'un garçon qu'il pouvait étreindre mais en quête d'un spectateur occasionnel qu'il séduisait pour assouvir son besoin de paraître. Ce besoin se déréglait dès lors qu'il n'était plus sur scène, le faisait courir à la recherche de n'importe quel public qu'il glanait au hasard de ses rencontres — dans les jardins du Sacré-Cœur ou la salle des pas perdus, à Saint-Lazare, qu'il traversait dans tous les sens comme s'il cherchait quel départ donner à sa vie. Dans la nuit de Paris, sur des tréteaux et au bord d'une rampe de feux imaginaires, il se composait selon les soirs un rôle de matamore ou d'adolescent nomade. Il veillait à la moindre intonation des monologues qu'il improvisait, contrôlait le rythme de son souffle, appliquant les conseils du professeur Tomatis qui lui enseignait la maîtrise de la respiration, le contrôle de l'étrier, ce nerf capital qui, en haut du cerveau, commandait l'harmonie du corps et de l'âme et représentait peut-être l'instinct du bonheur. Quand l'attention de l'autre faiblissait, que les feux de la rampe commençaient à son insu à s'éteindre devant lui, il se rebellait presque et s'exclamait au bord du vide : « Tu ne m'écoutes plus ? » avant de murmurer « Tant pis », soudain pris de vertige devant l'immense salle nue, aux promenoirs peuplés d'ombres, que devenait Paris.

« Il n'y a pas que la jeunesse au monde » me disait Cocaïne, puis en riant : « Regarde-moi ». Elle se penchait en arrière en me prenant les poignets pour m'attirer vers elle et amener mes lèvres sur ses vieux fanons. « Je couds toujours aussi mal, tu vois... Je n'ai pas tellement fait de progrès depuis la plage du Midi, à Cannes » — quand, pour se faire aimer par l'ensemble de la troupe du Rubis, elle avait décidé, bien que n'ayant aucune notion de couture, de s'occuper de la confection des costumes. Assise sur un pliant à l'ombre du muret, vite débordée par les vagues de tissus, indignée qu'on les mouillât au passage, elle s'empêtrait dans les fils et les aiguilles, tout en se penchant sur un manuel de couture pour vérifier la manière de broder un ourlet, de confectionner une ganse ou d'emperler un corsage. J'avais saisi au vol un morceau de faille que le mistral emportait. Ce geste avait suffi pour sceller le pacte de fête qui, à longueur de nuits, nous faisait traverser tous les dancings de la côte jusqu'à l'aube où, dans un café de Menton ou du vieux Nice, nous rêvions des conquêtes que, dans le tourbillon des séductions bâclées, nous avions oublié de conclure.

« Avant, tu n'aurais pas attendu tout un été. Si quelqu'un ne venait pas à un rendez-vous, tu prenais une autre coupe... Et voilà, c'était oublié !... » disait-elle, et, plus doucement : « On dirait que tu es repris par un vieux mal de famille... » Celui de Juliette qui se moquait elle-même, parfois, de l'abnégation avec laquelle elle continuait à attendre Pierre Santarelli. Les après-midi d'été où elle apprenait qu'il passerait peut-être au village pour rendre visite à quelques électeurs et amis, elle se mettait à errer d'une pièce à l'autre dans le silence de La Vaccareccia, uniquement troublé par les branches des pins qui craquaient dans le vent chaud, refrénant son envie de saisir n'importe quel prétexte pour courir vers Ucciani, avoir une chance de l'apercevoir, en contrebas, sous la treille de Chez Pierrot ou de le croiser au détour d'une ruelle, de l'entendre s'exclamer : « Ah, c'est toi, Juliette ! » comme si les années n'étaient pas passées, qu'elle n'avait pas changé. Il se détacherait du groupe d'hommes qui l'accompagnait pour venir lui prendre le bras, faire quelques pas avec elle sur la place en montrant à tous qu'il ne l'avait pas oubliée, et peut-être même sur le chemin du dancing où, trente ans auparavant, il l'avait fait danser pour la première fois, le soir de la fête du 2 septembre. Cette promenade de quelques instants — sans jamais évoquer le passé ni se demander ce qu'ils étaient l'un et l'autre devenus —, c'était tout ce qu'elle demandait à la vie. Elle sursautait chaque fois qu'elle entendait la rumeur d'une voiture, espérant que c'était peut-être lui qui avait décidé de passer à La Vaccareccia, sinon pour elle, du moins par devoir de fidélité envers son père qui l'avait aidé au début de sa carrière politique. Elle s'approchait de la fenêtre, croyait — devant l'écho amplifié par le silence d'août de la vallée — que la voiture dépassait la barrière et commençait à monter le chemin de La Vaccareccia. Elle suivait la moindre variation du bruit du moteur au gré des tournants, en devinait les embardées à chaque ornière ou pli du terrain. Puis l'écho refluait, aucune ombre n'apparaissait dans le désert de l'allée où tournoyaient les feuilles brûlées et les brins de paille de l'enclos des chiens endormis. Alors seulement elle décrochait les mains du rebord de la fenêtre, feignait de ne l'avoir ouverte que pour vérifier que ne s'étaient pas envolés les draps qui se gonflaient comme les voiles tristes d'une escadre qui ne partirait pas. Dans une volte-face qui se voulait moqueuse — pour dissimuler la gêne de m'apparaître aussi démunie à son âge —, elle s'exclamait : « C'est de l'autosuggestion !... », revenait s'asseoir vers l'ombre du buffet de chêne, sous le portrait de son père, dans le fauteuil tapissé de serge rose où les fleurs n'étaient plus que le souvenir d'un bouquet auréolé d'oiseaux, tant elle l'avait trimbalé, de son premier poste d'institutrice à Orléansville jusqu'à Ucciani, en passant par les années grises de Lyon. Elle qui avait tout donné à chaque mutation, elle ne gardait que ce fauteuil fétiche où elle attendait le départ du car derrière les persiennes closes, au milieu des valises déjà fermées. Elle en caressait interminablement les accoudoirs, éraflés par les chocs des déménagements et par les impacts des balles que, un soir de guerre, un commando de l'O.A.S. avait tirées sur l'appartement où elle habitait, au-dessus de l'école d'El-Biar, en représailles de ce qu'elle admettait encore dans sa classe des élèves musulmanes. Elle rétrécissait dans le fauteuil à mesure que les heures passaient et, si une voiture arrivait enfin à la nuit tombante, elle savait que ce ne pouvait être lui, que, depuis longtemps sans doute, il avait regagné Ajaccio. Et, avant même que n'en descendent les camarades venus nous chercher — Isabelle et moi — pour aller danser au Neptune, Juliette disait : « C'est pour vous » mais sans amertume : elle s'enfonçait un peu plus dans l'ombre, hors d'atteinte des rires et des appels joyeux, comme si elle voulait s'effacer davantage devant la vie et l'été.

Cette main frêle, sèche, couverte de diamants, cette jambe si belle, de danseuse figée, tendue en avant sur le seuil de la loge — telle que je l'avais vue émerger d'une Porsche, un soir de septembre, à quelques mètres du Palm-Beach, demeurant exposée à la pluie, le reste du corps retiré dans l'ombre de la voiture, comme si ce seul signe de sa beauté lui suffisait pour être reconnue par tous ceux qui se rendaient au gala des fleurs —, c'était, altière et démodée, dans un tailleur strict de garden-party d'été, Louise, à qui Cocaïne avait demandé de venir de Cannes pour la conseiller et préparer la nouvelle revue. Cocaïne jetait aussitôt de côté la robe qu'elle était en train de coudre et s'élançait vers elle avec un sourire de respect ébloui : elle restait pour elle sa « mère de la nuit » qui l'avait sauvée des passes qu'elle faisait, en toute saison, à l'angle du Gray d'Albion ou devant l'hôtel aux chambres tapissées de miroirs de la rue Macé. Elle l'avait embauchée comme animatrice au Rubis, qu'elle possédait, puis, devinant son envie de monter sur scène, lui avait appris à chanter, à bouger, à capter les lumières.

Mais dans la joie des baisers qu'elles échangeaient, s'immisçait une sorte de gravité complice — l'ombre de l'homme qu'elles avaient soutenu dans ses derniers jours : Sylvain, l'un des danseurs de la troupe qui s'était écroulé, un soir, sur la scène du Rubis parmi les voiles blancs qu'il déployait pour mimer le vol d'un bataillon d'oiseaux vers un ciel de printemps. Il végétait, depuis, dans une petite maison de la basse Californie, n'arrivait plus à parler et ne pouvait se déplacer que grâce à une marche spéciale, de biais, qu'il avait inventée avec elles et qui, les matins de rémission, lui permettait d'avancer jusqu'au belvédère des Œillets. En le voyant souffrir et supplier de disparaître, elles l'avaient aidé à passer une dernière nuit de fête, l'avaient fait tourner, en le portant presque, sur la piste du Quartz, pour qu'il s'imaginât, sous sa casquette rayée de bleu et de blanc, encore danser sur un air de Tina Turner — l'une de ses premières imitations — avant de l'installer dans la masse des coussins noirs d'une alcôve où, grelottant, perdu mais avide d'une ultime vision de volupté, il avait demandé à Cocaïne d'accomplir des gestes d'amour avec le garçon d'à côté — juste pour voir ce qu'était une main qui ouvrait une chemise, caressait une poitrine nue, montait vers des lèvres, jouait sur un front abandonné et des paupières qui se fermaient de plaisir. Puis elles l'avaient pris dans leurs bras et porté, comme un enfant évanoui, jusqu'au bord de la mer. Elles l'avaient étendu dans une chaise longue, enveloppé d'une couverture pour qu'il pût respirer, une dernière fois, le parfum des plates-bandes de la Croisette, écouter le flottement des drapeaux des grands hôtels endormis, l'écho des rires de ceux qui sortaient du Zanzibar, où il finissait ses nuits après la revue, le heurt de la coque d'un canot qui oscillait contre les pilotis de la jetée du Carlton alors que la brume de l'aube d'été se levait au-dessus de l'île Sainte-Marguerite où il allait se baigner dès les premiers beaux jours d'avril, n'en revenant que cinq minutes avant le spectacle — le temps, à peine, de se farder et de passer le costume de scène sur sa peau encore salée. Je faisais le guet pour les prévenir de l'arrivée des plagistes et ce fut au moment où s'approchait l'ombre des grands râteaux avec lesquels ils tamisaient le sable sous le muret du Martinez qu'elles lui firent la piqûre — laquelle des deux s'en était chargée ? je ne saurai jamais — qui allait arrêter son cœur, abréger sa peine de ne plus pouvoir soulever une étoffe, prendre dans la main une étoile de strass ou laisser glisser entre ses doigts une nuée de paillettes.

« Montre-moi ce que tu sais faire... » lui demandait Louise. Cocaïne courait, pieds nus, à travers la loge, se hâtait de se recoiffer devant la glace, de remonter les bretelles de sa robe et de piquer une aventurine dans l'échancrure du corsage. Puis elle allait vers la scène et, dans la pénombre bleutée de coursive de navire, tournée vers Louise qui s'installait au milieu du cabaret désert — là où elle pourrait le mieux la juger — elle commençait à chanter a capella la romance des *Cœurs perdus*. « Plus doux, Cocaïne, plus doux... » lui disait-elle en laissant glisser les syllabes voluptueuses, tendres et dangereuses de son nom comme pour lui rappeler que c'était elle qui l'avait baptisée ainsi, l'avait fait naître à la scène, à la vie, un soir d'hiver où il commençait à neiger sur la mer, les palmiers et l'auvent du Rubis. Cocaïne, si experte, d'habitude, en jeux de mains, ne savait où poser ses doigts, qui tremblaient de trac : sur le cou, les hanches, le haut des cuisses. Elle finissait par les promener au hasard le long d'elle-même, comme si elle était à la recherche de son jeune corps, que Louise avait aimé, lorsqu'elle débutait, et dont elle avait peur qu'elle ne lui reprochât, tout à l'heure, de l'avoir laissé se déformer au gré des chagrins, de l'alcool et des dérives de son « grand amour de Genève ».

Olivier entrait dans la salle, la serviette sur l'épaule. Il arrivait directement de L'Isle-Adam, le visage bruni d'avoir canoté, pendant des heures, au soleil. Embarrassé par son retard, ému par la ferveur de Cocaïne, sa docilité de débutante qui, sans aucune lassitude, reprenait le couplet chaque fois que Louise lui demandait de mieux poser la voix, il semblait retrouver son amour du Cancan et perdre sa résolution de partir en automne à La Métamorphose. Il montait sur la scène et, en se hissant sur la pointe des pieds, réglait l'éclairage des spots, veillait à ce que le corps de Cocaïne fût entouré d'un halo de vert blond puis de bleu ciel.

Le soir ne semblait jamais descendre sur Paris où, dans le silence à peine doré des boulevards, passaient, de temps à autre, des cars avec les ombres de leurs voyageurs assoupis. Elle s'en allait seule, la femme du « Rodolphe Simon » pour sa promenade rituelle à travers le quartier, un gilet à la main : l'air risquait de fraîchir, se disait-elle. Elle s'approcherait dans la rue Monsigny de la vitrine du magasin, essayant de deviner, à travers les lattes des stores abaissés, l'éternel boa mauve qui formait, sur un trépied, une arche de plumes, et le comptoir d'acajou derrière lequel elle s'était tenue presque toute sa vie. Elle baissait toujours la tête quand elle longeait Le Paradis, manquait buter contre le garçon blond — étranger sans doute — qui était arrêté devant le dancing. Il semblait s'étonner qu'il ne fût pas encore ouvert puis allait d'un côté de la grille à l'autre, y plaquait son visage comme s'il essayait de deviner vers où menait le corridor de miroirs. Il m'appelait, me demandait de le rejoindre. Comme je lui faisais comprendre que Le Paradis n'ouvrirait qu'à la nuit, il avait une moue désolée puis rieuse. Il tirait de son sac un guide — celui des bars de Paris. Il l'ouvrait devant moi et me demandait quel était le plus proche. Je laissais traîner ma main parmi les noms qui m'étaient inconnus — tant tout, de la nuit, se résumait pour moi au Cancan — et d'autres, du temps de ma jeunesse, dont je savais qu'ils avaient été fermés mais étaient encore mentionnés.

J'hésitais, ne savais lequel lui indiquer. Il ne s'impatientait pas, au contraire ses doigts venaient effleurer les miens. Peut-être un frôlement supplémentaire aurait-il suffi pour que nos mains se rejoignent et s'unissent. Il m'aurait demandé — comme j'en rêvais pendant quelques secondes — de l'accompagner à travers Paris jusqu'à n'importe quel bar que j'aurais feint de connaître pour que nous restions ensemble toute la nuit et qu'il m'invitât même à le suivre dans sa chambre d'hôtel. La peau de son poignet, où le duvet était si fin qu'on aurait dit de simples frissons de blondeur, me dévastait d'un désir qui éteignait tous les bruits autour de moi, sauf le très léger battement, dans la chaleur du vent, de l'angle de la page que nous retenions ensemble. Mais je savais d'avance que je n'aurais fait que mimer avec lui les gestes que j'avais avec William — comme si tout plaisir ne passait désormais que par eux —, gardant les yeux fermés pour m'imaginer encore avec lui et me retenant sans cesse de prononcer son nom ; quand l'excitation se confondait avec la volonté panique d'oublier, en quelques minutes, le corps de celui qu'on continuait à aimer et la frénésie amère d'une revanche qu'on tentait de prendre sur l'indifférence. Oui, pensais-je, tandis qu'il fixait ma main — à la fois emportée par la tentation du plaisir et retenue par une fidélité superstitieuse qui, plutôt qu'un réflexe moral, était la rétention d'une illusion, la peur de voir s'effriter la seule ossature, même rêvée, de ma vie —, il n'y avait rien de pire que ces étreintes de compensation qui, une fois achevées, vous laissaient chaviré dans les draps d'une chambre inconnue, le cœur étreint par un mélange de découragement, d'effroi devant le reniement qu'on venait d'accomplir — de ses souvenirs les plus lumineux auxquels on ne donnait même pas le temps de s'éteindre —, et presque d'hostilité envers celui qui, déjà endormi à vos côtés, ignorait le rôle de figurant qu'il venait de jouer dans l'arrière-scène d'un autre amour.

Il se promènerait — me faisait-il comprendre — dans le quartier en attendant l'ouverture du Paradis. Il refermait le guide, me serrait la main en martelant : « Hans Erikson », puis s'éloignait vers le boulevard des Capucines et se confondait déjà avec l'ombre des parasols du Viennois.

« Et dire que j'ai consacré ma vie à la quête de la jeunesse et de la beauté... » constatait André, après avoir classé, une partie de la nuit, à son retour de l'hôpital, les lettres et les photographies des garçons qu'il avait aimés, si souvent aidés, protégés, et qui ne l'auraient pas reconnu s'il était passé à côté d'eux, aujourd'hui. « Je suis encore vivant !... » m'avait-il dit tout à l'heure sur un ton de victoire amère — lui dont je sentais, au téléphone, la voix s'affaiblir de soir en soir, ses évanouissements qui intervenaient à des intervalles de plus en plus réguliers étant comme autant de répétitions générales d'adieux à la vie. Il prenait l'habitude de se lever un peu avant l'aube, et de gagner le jardin où un halo de soleil tremblait à peine sur les haies de canisses que le jardinier, par peur, ne venait plus tailler. Elles lui rappelaient la clôture en roseaux du dancing de Torvaianica où Hamleto, qu'il venait de rencontrer sur la plage, au cours de notre voyage d'adolescents en Italie, lui avait lancé, dans la clarté torride d'août : « Toute cette lumière, on dirait qu'elle vient de toi !... » Il s'asseyait dans le fauteuil d'osier, revêtu de l'habit bleu de Prusse, aux larges boutons cuivrés de monsieur Loyal — tel que sa cousine Sylvie voulait le peindre. Malgré sa faiblesse, il activait le rythme des séances de pose afin qu'elle pût achever à temps le tableau qui, au centre de sa série sur le cirque, devait être prêt pour le vernissage de septembre à la galerie de la Main de Fer. Il restait là, tenant le fouet de parade entre les jambes, sous le cerisier qui était devenu le principal repère de sa vie. Entre deux séjours à l'hôpital, il en scrutait toutes les variations de couleurs comme si l'essence du temps était le passage des teintes qu'il tentait d'imprimer dans sa mémoire pour qu'elles l'aident à supporter la douleur. Juste avant le printemps, il avait emporté la vision des boutons carmin si nombreux à apparaître qu'ils semblaient sourdre du tronc gris clair, et prévoyait, là-bas, sur son lit d'hôpital, que, lorsqu'il reviendrait à Saint-Estève, les feuilles seraient touchées de rose avant de virer au rouge cuivré. La dernière fois, au début de juillet, juste avant de monter dans l'ambulance, il s'était concentré sur le flamboiement des corolles groupées en bouquets retombants comme s'il allait emmener leurs cascades pourpres et s'en recouvrir dans sa traversée des couloirs sur sa chaise roulante. Lui qui ne prêtait plus la moindre attention à son propre corps, ne se souciait plus qu'il fût asséché, près de tomber à la moindre rafale, il s'inquiétait des souffles de la tramontane qui risquaient de dépouiller le cerisier de ses feuilles au vert frais du début de l'été et de briser les branches les plus frêles qui, secouées par les tempêtes brûlantes, s'inclinaient comme les bras de pénitents suppliciés. Mais — et c'était le seul souhait qu'il demandait au ciel d'exaucer — le cerisier tenait bon, rien ne se rompait et l'ensemble des rameaux gardait sa forme de chapeau renversé sur le cône. Il regardait, avec un enchantement triste, perdurer les limbes de l'été, rougeâtres sur l'avers et bleutés sur le revers, oubliant, dans cette contemplation, la fièvre qui collait l'habit de monsieur

Loyal à son corps, ses mains si exsangues qu'elles arrivaient à peine à tenir le fouet de parade que Sylvie, devant le chevalet, n'osait pas lui demander de redresser. Les larmes aux yeux, parfois, en plein soleil, elle luttait pour retrouver ses traits d'antan, capter au moins les reflets de ce qu'il avait été sous la voûte jaune pâle qui figurait la toile du chapiteau aussi bien que le ciel des cabarets où il avait régné. Pour éviter que le mouvement de son pinceau n'eût le moindre tremblement de découragement ou de regret, il s'efforçait de sourire, de lui montrer combien il était bien, là, protégé par les limbes de l'été, enveloppé par le parfum de sucre incandescent qui montait des cheminées de la chocolaterie Cantaloup-Catala. Les effluves de vanille brûlée qui, avant, les accompagnaient sur le chemin de l'école communale recouvraient les vignes, la rivière et les prés, imprégnaient même les feuillages des platanes derrière lesquels couraient puis chaviraient parmi les herbes blondes les enfants empêtrés dans les smokings qu'il leur avait distribués. Il leur avait aussi donné sa cape en satin noir — avec laquelle, à Paris, je le voyais partir vers les soirées à La Main Bleue que je lui enviais et d'où il me ramenait le récit de ses frasques —, tous ses foulards et pochettes, et n'avait gardé que le costume de lin gris qu'il prévoyait de porter au moment de mourir. Il l'avait acheté dans le meilleur magasin de Barcelone, au cours de notre voyage de l'été dernier où, en quelques jours, il avait dépensé une bonne part de la vente de son appartement de Perpignan entre les invitations qu'il lançait, le soir, de table en table, à La Paloma, les nuits au Ritz, les courses en taxi jusqu'à Cadaqués — juste pour y revoir la crique et l'hôtel où il avait été aimé par un certain Miguel, quand il avait vingt ans. Il le mettrait — disait-il — pour son retour au Cancan, en feignant de croire qu'il aurait assez de force pour revenir à Paris, participer au gala de septembre, aider Cocaïne à résister au Paradis.

Mais je sentais qu'il était sur le point de mettre un terme au pacte d'illusion que nous avions tacitement conclu, n'avait plus envie de se mentir, et perdait, de soir en soir, le désir de Paris. « Elle se souvient de moi ? » disait-il de Cocaïne comme s'il attribuait aux autres cette sorte d'amnésie qui le gagnait. Et à la perspective de ce voyage qui à ses yeux devenait de plus en plus irréel, il préférait la promenade rituelle du soir que Sylvie lui accordait, en le soutenant, à travers le village, à l'heure du dîner où il n'avait plus à craindre les chuchotements apeurés ou hostiles des femmes qui rentraient leurs chaises de paille après avoir pris le frais sur les trottoirs. A vrai dire il ne se souciait plus de leurs réflexions, sauf pour sa mère, dont il ne voulait pas qu'elle en fût atteinte. Il avait renoncé de même à se raidir pour adopter un maintien de dignité ironique lorsqu'il sentait sur lui les regards ennemis des hommes qui, attablés à la terrasse du café Delmas, se moquaient, dans la pénombre de l'auvent, de ce qu'était devenu le fils de l'ancien maire : un naufragé des fêtes de Paris, dont ils étaient secrètement satisfaits qu'il payât pour ses débauches et auquel ils ne concédaient même pas le droit de venir mourir ici.

Pour s'assurer que le temps ou l'incurie de la nouvelle municipalité ne les avait pas encore endommagés, il demandait à Sylvie de lui faire traverser les lieux que son père avait embellis ou créés : le jardin d'enfants, la nouvelle pépinière aux arches de roses talisman, les galeries du Centre Laïque, l'esplanade du Vallespir dont les dalles couleur de fin de soleil et de paille éteinte lui rappelaient le corso du village d'Italie où Hamleto l'avait emmené, un jour. Il s'arrêtait sur la place de la mairie, s'inclinait devant le buste en bronze de son père, retirait du bout des doigts les débris d'écorces de platanes qui recouvraient son regard dont le sculpteur avait su saisir l'expression d'orgueil courtois et de scepticisme aimable : il avait envers lui un sourire de mélancolie tranquille comme s'il voulait lui faire comprendre qu'il le rejoindrait bientôt. Ils passaient au large de la maison de Suzanne Puig, à l'angle du chemin de Camélas. Elle ne lui avait plus donné de nouvelles dès lors qu'il ne pouvait plus jouer à ses côtés le rôle de laquais spirituel, de valet esthétisant qu'elle lui avait dévolu, ne lui avait plus reparlé de la vente des meubles d'un héritage familial qu'elle se jurait pourtant, à une époque, de lui confier. Il ne se faisait plus d'illusion sur rien, avait passé le cap de tous les désenchantements, éprouvait seulement une sombre jubilation dans cet état de surplomb désabusé comme si le monde n'était plus qu'une galerie de portraits sur lesquels il s'amusait, tel un expert narquois et las, à décerner des brevets de faux ou d'authenticité.

De retour devant la villa, il attendait le passage du car Rossignol. Quand l'autobus arrivait de Perpignan, il ne distinguait que les visages de quelques travailleurs saisonniers derrière les vitres recouvertes de poussière salée. Hamleto n'était pas parmi les passagers, avait sans doute renoncé, bien qu'il le lui eût promis, à lui rendre une dernière visite. Mais il cessait de s'en attrister. Le souvenir de l'Italie — des cabines de bois rouge et des roseaux du dancing de Torvaianica — s'évanouissait ; il n'avait plus le regret de cet été de peau, ne ressentait même plus la nostalgie du plaisir. Il avançait, comme libéré, dans le chemin, en appelant sa mère. Sa voix achevait de perdre l'onctuosité précieuse, le phrasé suave ou acide qu'il s'était efforcé d'acquérir à Paris pour s'accorder à des coteries mondaines dont il ne lui restait qu'une poussière de répliques et retrouvait les tonalités rudes, les aspérités terriennes de son enfance. Elle descendait le perron sous son fichu de paysanne, prenait le relais de Sylvie et emmenait son fils vers la cuisine. Comme si de rien n'était, elle lui demandait de l'aider à préparer les cornets des pochettes-surprises pour la kermesse de la Fête-Dieu où — lui disait-elle avec un sourire de défi complice — il l'accompagnerait.

VI

Auguste s'était levé de très bonne heure, espérant que le ciel resterait gris, voilé d'une poussière de pluie suspendue au-dessus de Paris, pour ne pas subir un ensoleillement qui — il le savait — marbrait irrégulièrement son front et ses joues de plaques rosâtres, l'aveuglait, au moindre pas, de larmes de sueur et lui donnait le visage défait d'un vieil émigrant du Nord perdu dans une lumière étrangère. Il s'était, ce jour-là, abstenu de se parfumer, avait retiré sa gourmette, cherché à aplanir ses cheveux plutôt qu'à les onduler, mis sa tenue qu'il jugeait la plus effacée — le pantalon de toile brune, la chemise en coton beige — et s'était évertué à discipliner ses gestes, à leur ôter leur emballement de coquetterie tapageuse, excluant ainsi tout signe de féminité ou d'artifice qui aurait risqué de déplaire à Serge. Cette tension vers une image plus rigoureuse qu'il comptait donner de lui-même conférait à sa silhouette un caractère apprêté, un peu solennel, brusquement démenti, pourtant, par des éclats d'impatience coléreuse lorsqu'il s'exaspérait soudain des grains de poussière dans les nervures de bronze des pique-aiguilles ou d'un léger décollement de la toile de jute qu'il avait fini de poser pendant la nuit.

Dans la rue, jusqu'à l'arrêt d'autobus, il courait presque pour ne pas rencontrer de « charrette » qui le retarderait, alors que deux heures sonnaient à peine au clocher de l'église Saint-Roch. Au fond du 48, où il était le seul voyageur, droit sur la banquette afin de ne pas froisser sa chemisette, il tenait les mains posées sur ses genoux, croyant ainsi dompter les frissons d'inquiétude qui le traversaient, partagé entre l'éblouissement — d'avoir su, en allant vers un rendez-vous d'amour, retrouver les impulsions de sa jeunesse — et la peur que Serge ne fût pas, là-bas, à la descente du train ou qu'il l'eût déjà oublié.

Prenant à peine conscience qu'il s'aventurait de l'autre côté de la Seine, accordant parfois un regard soucieux aux terrasses des cafés assoupies dans la brume tiède, il luttait contre la lassitude qui le gagnait par moments — son esprit épuisé par la multitude des mises en scène de ce retour qu'il s'était plu à imaginer et qu'il n'avait presque plus envie de vivre, car, au fond, il ne demandait à Serge que de l'aider à construire un souvenir ébloui afin de traverser sans trop de peine la pénombre de ses dernières années et de mourir avec l'illusion d'avoir pu encore aimer. Arrivé à la gare Montparnasse, il avait une impression de vertige en montant l'escalier mécanique. S'abstenant de les emprunter dans les grands magasins, il crispait sa main gauche sur la rampe et retenait son sac noir contre la hanche droite. Il s'efforçait de prendre un air dégagé, de sourire de lui-même, étonné de ne pas tomber en arrivant au haut des marches. Si frêle dans l'immensité du hall, il s'asseyait sur un banc et, face au panneau des arrivées, se laissait hypnotiser par les chiffres lumineux de l'heure du train et du numéro de quai. Puis il ouvrait son sac et, pour la énième fois, vérifiait s'ils étaient bien là, les billets du voyage qu'il allait offrir à Serge — quand il prendrait le train avec lui dans une autre gare, fier et incrédule qu'il l'accompagnât, marchât près de lui sur une plage, s'assît à ses côtés à une terrasse surplombant la mer et s'endormît enfin dans le même lit. Peu lui importait que Serge ne l'enlaçât pas, ne lui permît pas la moindre étreinte — il n'osait même plus le concevoir sauf dans des rêves égarés après avoir bu plusieurs verres au Cancan —, il avait appris à renoncer à l'envie de son corps ; tout ce qu'il espérait, c'était que Serge, dans son sommeil, basculât la tête sur son épaule et continuât à dormir, en oubliant qu'il reposait sur la poitrine d'un vieil homme. Le seul geste audacieux qu'il s'autoriserait serait de prendre, avec mille précautions, la main de Serge et de la porter vers sa nuque, là où étaient nouées toutes les capitulations de sa vie, ses nuits de solitude et cette très ancienne envie de pleurer que, depuis des années, il retenait et ne parvenait pas à exprimer. Il deviendrait enfin semblable à tous les voyageurs qu'il voyait défiler devant lui : il porterait, à son tour, une valise — celle de cuir fauve, qu'il avait achetée, la semaine dernière, aux Galeries Lafayette —, partirait aussi vers l'été, ne serait plus cet homme seul que personne, jamais, ne venait chercher et qui — lorsqu'il se déplaçait encore, il y avait vingt ans — gardait la tête baissée en descendant d'un train pour ne pas feindre de rechercher parmi la foule quelqu'un qui n'existait pas.

Le banc était trop chargé, il se levait et, un peu étourdi par la névralgie que lui donnait l'anxiété, il errait, basculé par les chariots à bagages, entre le gris des piliers et les reflets des lumières des kiosques, essayant de repérer de loin la pancarte bleue du quai où il s'était promis de ne se rendre que cinq minutes à l'avance. Puis il s'arrêtait net, saisi d'un doute fulgurant, en s'apercevant dans une glace — comme ahuri de se retrouver soudain tel qu'il était, de revoir ses bras maigres et blancs, ses épaules tranchantes, ses pommettes qu'une simple traversée de l'esplanade de la gare avait suffi à rougir, ses pieds trop larges dans ses sandalettes neuves, toute cette irrégularité d'un corps dont il n'avait jamais pris soin et qui, aujourd'hui, semblait le narguer. De cet examen, il n'aurait pu sauver — se disait-il — que le halo sensuel des lèvres, la finesse des doigts et peut-être le gris éclatant de l'unique mèche dont, en secouant la tête, il se recouvrait les yeux, comme pour ne plus se voir, oublier son air à la fois fulminant et abattu et se laisser déporter vers l'ombre de la verrière où descendait la pluie d'été, prêt, s'il en avait eu l'énergie, à regagner aussitôt sa chambre de la rue Montpensier où, après plusieurs gorgées de whisky, il aurait fini par rire de son désir de plaire encore.

Ce fut le grésillement du haut-parleur qui le tira de la torpeur honteuse dans laquelle il sombrait, l'irruption d'une cohorte de voyageurs qui lui fit à nouveau prendre conscience du temps ; il se mettait à courir, les bras en avant comme s'il entreprenait de lutter contre une très haute vague. Mais déjà, à quelques mètres de lui, dans le tumulte des appels et des rencontres, apparaissait Serge, noir et blanc dans sa splendeur intraitable. Alors qu'il parvenait enfin à sa hauteur, il lui criait : « Tu arrives toujours après la bataille !... » et riait de son air effaré avant de tourner sur lui-même, en lui demandant, survolté de narcissisme : « Comment tu me trouves ?... » Comme Auguste était incapable d'articuler la moindre parole, à la fois fasciné et se maudissant en secret de ne pas avoir cette expression combinant la réserve et l'abandon, la dignité et l'aveu de la tendresse, qu'il avait calculée au plus près, Serge lui tendait son sac dans un geste de pitié moqueuse en lui disant : « Ne reste pas les bras ballants !... » Auguste, rassuré de ce que Serge lui confiât quelque chose de lui et puisant un soulagement voluptueux dans la servitude qu'il recommençait à accepter, essayait tant bien que mal de s'accorder à son pas dans l'ombre suffocante du métro. Dans le wagon, il écoutait Serge lui raconter ses baignades, ses après-midi de guet dans le domaine des dunes — qu'il imaginait comme un paradis de sable, d'ajoncs et de silhouettes nues. Et le mystère que Serge, en se taisant, laissait planer sur ses jeux, l'excitait et le meurtrissait à la fois. Il refrénait pourtant la jalousie qu'il sentait renaître en lui, évitait de se lancer dans une surenchère de demandes de détails qui l'aurait perdu.

L'éblouissement et la peur se mêlaient en lui quand, une fois dans l'appartement, installé dans le divan, il regardait Serge se déshabiller à quelques mètres. En virevoltant, presque nu, dans la pièce, il lui demandait enfin, distraitement, de ses nouvelles, s'inquiétait, par un regard à la dérobée, de son teint si pâle, ajoutait qu'un « changement d'air » lui ferait du bien. Auguste faillit, à cet instant, sortir de son sac les billets et les brandir dans un élan de triomphe anticipé, mais déjà Serge évoquait d'autres épisodes de ses vacances — ses soirées au casino de La Baule, ses virées en mer sur le voilier de l'un de ses « amis », tout ce qu'il savait ne pouvoir lui offrir. Il se ravisait, attendant un moment plus opportun, désorienté par la rapidité avec laquelle Serge enchaînait les questions qui visaient, presque toutes, à le rassurer sur sa beauté jusqu'à ce qu'il vînt lui montrer la cicatrice à la cheville gauche — la blessure qu'il s'était faite en heurtant l'angle d'un rocher. Il lui permettait de la caresser, d'attarder ses doigts sur l'entaille blanche qui lui semblait plus douce que ce qu'il n'avait jamais imaginé, de sa peau.

Mais Serge s'éloignait déjà : il évoquait, dans une volte-face mélancolique, la nécessité de se rendre, dès le lendemain matin, sur la tombe de son père au cimetière de Saint-Denis, d'aller rendre visite à sa sœur qui passait l'été, seule, malade, dans son appartement de Rueil : ces devoirs familiaux dont il rehaussait la gravité par une voix plus sourde et une sorte d'assurance lasse dans le maintien. Ces passages d'altruisme achevaient d'attendrir Auguste et le confortaient dans sa certitude que la froideur habituelle de Serge n'était qu'un masque pour ses saccages d'enfance. Une fois de plus, il se persuadait que c'était par pudeur ou orgueil blessé que Serge les lui laissait simplement entrevoir. Il tendait les bras pour recueillir les chemises que Serge essayait devant la glace en se demandant laquelle convenait le mieux à son teint, et rejetait, tour à tour, en arrière. Alors qu'il avait enfin choisi celle de soie azur que — disait-il — lui avait offerte un ami du Croisic et qu'il laissait déboutonnée à mi-poitrine, il se tournait enfin vers lui pour s'étonner qu'il restât ainsi à rêvasser, à se laisser engourdir, sans un mot, par la chaleur. Auguste ne s'offusquait pas de ce reproche : où — pensait-il — serait-il en ce moment si Serge n'était pas revenu ? Dans sa chambre à feuilleter jusqu'à l'aube d'anciennes revues ? Sur la banquette du salon d'Anthony où, par désœuvrement et dépit, il se serait offert une séance supplémentaire de massage ? Au comptoir du Cancan à subir les mêmes avanies de la part de la Princesse Verte et de ses acolytes qui se vengeaient de ce qu'il avait dit d'eux à l'époque où il jouait encore un rôle dans la nuit de Paris ?

Serge lui demandait brusquement — c'était presque un ordre — de l'inviter à dîner dans un restaurant du quartier, de se dépêcher de lui proposer le nom d'un « bon endroit » car « l'air de Paris le creusait encore plus que celui de La Baule ». Auguste s'exécutait, affolé, lançait, pour lui plaire, le nom de « Bofinger », tout en étant empoigné par l'inquiétude de n'avoir pas réalisé assez d'économies pour régler l'addition. Il s'excusait presque de « sa tenue terne d'automne », de son manque d'allant, de son absence de sourire — comme s'il ne se réjouissait pas de son retour — dont Serge se moquait en attendant l'ascenseur. Il continuait à s'éclipser derrière lui qui, une fois dans la rue, se souciait uniquement de l'effet de sa beauté sur les passants qui émergeaient de la brume chaude, ne cherchait pas — en le devançant de quelques mètres dans sa traversée du restaurant — à dissimuler sa gêne, presque sa honte, d'arriver en compagnie d'un vieil homme, de si piètre apparence, avant de choisir une des tables les plus reculées, derrière les immenses bouquets de delphiniums et de roses, où personne ne les apercevrait.

Serge engageait bientôt la conversation avec l'Allemand de la table voisine, sans se soucier, un seul instant, de ce qu'il ignorât cette langue, se sentît exclu par leur dialogue déjà complice qui l'exilait sur la banquette de cuir moite d'où il touchait à peine les plats. Il préférait boire, ne détachait les lèvres du verre de vin que pour tenter de s'accorder à leurs rires, en surveillant leurs visages pour ne pas se trouver soudain à contretemps. Il leur montrait ainsi qu'il était de connivence avec eux, qu'en aucun cas il n'était cet homme seul qui laissait s'éteindre autour de lui les voix, les lumières des globes et les reflets de Paris qui, derrière les vitres, se perdait avec sa rumeur de fin d'émeute et de pluie d'été.

Comme s'il prenait enfin conscience qu'Auguste se lassait de le supplier de ramener son attention vers lui, Serge se détournait abruptement de l'Allemand avec ce don particulier de suspendre à temps l'intolérable d'une situation, de la retourner aussitôt en sa faveur — en prouvant qu'il n'était pas aussi odieux qu'on aurait pu l'imaginer — et provoquer chez l'autre, qu'il traitait soudain avec une bienveillance appuyée, le remords de l'avoir ainsi jugé. Il lui servait de l'eau avec un air protecteur, afin qu'il ne sombrât pas davantage dans l'ivresse, lui demandait des nouvelles de Simone puis de lui-même : où en était-il des travaux qu'il avait entrepris en juin ? Allait-il parfois au Cancan, qu'il rêvait de connaître ? Retournait-il aux Diamantaires, là où — ajoutait-il, avec une prévenance trouble — ils s'étaient rencontrés ? Auguste, bouleversé qu'il s'en souvînt, d'une telle attention à sa vie que — l'alcool aidant — il confondait avec une promesse d'amour, balbutiait d'abord des réponses décousues. Mais à mesure qu'il parvenait à dominer son ivresse, ramenée à un état de griserie légère, sa voix se faisait plus sûre, accompagnée par une espérance qui ôtait à ses traits leur pâleur de contraction apeurée, à ses yeux leur trouble de peine rentrée et redonnait à ses gestes leur emballement de coquetterie délurée.

Tout en racontant les transformations de son appartement, et en se moquant tendrement des travers de Simone qui partageait son temps entre les vêpres à Saint-Roch et les bals d'après-midi à l'Espace Montmartre, il rayonnait d'être écouté, de se rappeler que Serge, le préférant à tous ses amis, l'avait élu pour cette soirée de retour à Paris, et que sa présence, en face de lui, était un gage sinon d'amour, du moins de fidélité et d'estime. Emporté par cet élan de reconnaissance, il puisait en lui-même le courage euphorique qui, plus tard, sous l'auvent rouge de la terrasse du restaurant, lui permettait de sortir, d'un coup, les billets de son sac et de les lui tendre, en lui disant, avec un accent de triomphe : « Regarde ce que j'ai là !... » puis devant le léger recul d'incompréhension de Serge : « Je t'emmène en voyage !... » Serge, d'abord incrédule puis effrayé d'être pris au piège, lançait précipitamment : « Mais où ? Quand ? » Auguste, dont la gaieté confiante se voilait à peine : « Demain... au Tréport... Pour autant de jours que tu voudras... » Serge se plaçait de biais comme s'il feignait de redouter sa réaction et, sur un ton d'assurance neutre : « Mais ce n'est pas possible... Je pars à Londres... » Auguste se mettait à trembler, dans un découragement affolé et silencieux, baissait la tête en essayant de fixer le bord du trottoir qui lui paraissait tanguer sous la pluie, puis arrivait à demander, dans une imploration sourde : « Pour combien de temps ?... » Serge, d'une voix presque excédée : « Trois semaines », et, négligemment, comme s'il consentait à se justifier : « Mon amie Jane a été cambriolée, la semaine dernière... Elle m'a demandé de garder son appartement pour les vacances... » Mais Auguste venait de toucher le fond de la peine, il n'avait plus envie d'être dupe de ce dernier mensonge, relevait peu à peu la tête et, d'une voix si lointaine, comme étrangère à sa propre vie, répétait : « Tu m'avais promis... Tu m'avais promis... » avant d'ajouter, en donnant à ce mot une inflexion qu'il voulait implacable et n'était que plaintive : « Tu es faux... Tu es faux... » Peut-être s'épouvantait-il, en secret, de le prononcer, mais il le reprenait pourtant sans regarder Serge, tourné vers la guérite du marchand d'huîtres qui commençait à rentrer ses paniers d'où s'élevait une odeur de mer aigre. Serge, avec une sorte de compassion — à moins que ce ne fût l'appréhension d'un sursaut de violence ou d'une ébauche de scandale par lequel il serait humilié devant les dîneurs qui sortaient du restaurant —, lui posait la main sur l'épaule et dans un murmure qui se voulait apaisant : « Ne répète pas cela, je t'en prie, ne le répète pas... » Mais Auguste s'obstinait à le marteler dans une revanche survoltée qu'il croyait prendre sur son chagrin. Serge exagérait son expression outragée, et lançait, avec des accents de colère froide : « Maintenant, c'est fini, tes jérémiades... Je comptais passer une bonne soirée... Et tu as tout gâché... Je rentre... » Il se détournait et s'en allait déjà sous la pluie. Elle lui paraissait, à Auguste, si froide maintenant, lui glaçait la poitrine, tandis qu'il reprenait doucement les paroles de Serge : « Tu as tout gâché » comme si elles étaient le moyen de garder sa voix en lui et d'en éterniser l'écho. A mesure qu'il les psalmodiait, elles devenaient de plus en plus irréelles, comme s'il s'adressait à un autre que lui-même, ce pauvre homme perdu sous la pluie, au corps de miséreux qu'il avait envie de rejeter, parce qu'il n'avait jamais été capable d'inspirer le moindre désir, et l'avait toujours laissé en rade de la beauté et du plaisir. Il finissait pourtant par le prendre en pitié, en croisant les mains sur sa poitrine dans tous les sens comme pour le protéger et lui demander pardon de sa véhémence injuste.

Non, il ne songeait à accuser personne, ni Serge dont il devinait au loin la blancheur des pas dans l'ombre du boulevard Beaumarchais, ni le ciel dont depuis si longtemps il avait fait le deuil du secours qu'il aurait pu lui apporter. Tenant à peine au bout de la main les billets trempés dont s'effaçait le bleu des voyages qu'il ne ferait jamais, il répétait, en oubliant toute révolte, sur un ton de supplication épuisée : « Pourquoi ? Pourquoi ? » Oui, pourquoi tous ces fiascos sentimentaux, cette suite ininterrompue de garçons qui avaient disparu, à peine le temps de leur avoir avoué son amour ; il leur avait tout donné, mais il les avait effrayés — il le comprenait seulement — par sa demande d'amour qui s'était hypertrophiée à mesure que son corps maigrissait, devenait de plus en plus fluet avec les années, les veilles et l'excès d'alcool. Entravé par cette excroissance stérile, déséquilibré par le repli de sa main gauche sur la part d'épaule que Serge avait touchée pour la dernière fois, il manquait déraper à chaque pas sur ses sandalettes de chanvre gorgées d'eau et ne trouvait d'appui qu'aux troncs des arbres auxquels il se raccrochait parfois. Il ne savait où aller, le boulevard Beaumarchais était si obscur, à peine traversé par les reflets du feu d'artifice qui éclairait pour un gala le dôme du Cirque d'Hiver et dont les fusées — maintenant que la pluie avait cessé — lui paraissaient, dans la déroute de ses perceptions, venir crépiter puis mourir autour de lui. Le seul havre qu'il aurait voulu atteindre, c'était les Diamantaires, mais ses lumières lui semblaient être si lointaines, appartenir à une autre ville, dont on l'aurait exilé. Du restaurant lui revenait la musique d'une fête de baptême arménien — une ronde de fourrure, de bras gainés de satin et fourmillant de bijoux, d'enfants levés en même temps que les verres dans une odeur de fard, de roses et de raisins d'hiver — là-bas, dans ce dimanche de décembre où, pour la première fois, il avait vu Serge, assis à la table voisine. Il ne demandait rien d'autre que de le laisser le regarder, espérant qu'il ne s'offusquât pas de son insistance et lui accordât la grâce de cette contemplation songeuse. De rester ainsi cantonné à la lisière de l'amour, en se laissant bercer par les airs, au piano, qui, au moment des valses, s'accordaient à sa nostalgie éblouie, aurait dû lui suffire. Mais le pacte qu'il avait conclu, depuis tant d'années, avec lui-même — de retrait du désir, d'émerveillement muet, de distance rêveuse à l'égard des garçons dont il savait, par avance, qu'il ne serait pas aimé —, il l'avait rompu. Il regrettait, alors qu'il était si tard dans sa vie, d'avoir cru au miracle de quelqu'un qui s'intéresserait enfin à lui et lui accorderait un peu d'affection au gré de leurs rencontres. Les larmes qui affluaient ne lui apportaient pas l'apaisement qu'il avait longtemps espéré d'elles ; elles n'étaient dues qu'à un relâchement des nerfs, n'étaient que l'effet d'une contrition désespérée, laissaient intact le centre névralgique de sa disgrâce et de ses doutes, la conscience de la maladresse congénitale qui, sans qu'il l'eût voulu, l'avait amené à gâcher les soirées de ceux qu'il aimait. Il était prêt à renoncer à tout, perdu dans la brume suffocante qui, à nouveau, recouvrait Paris, s'il n'avait cru entendre les voix de Simone et de Gaby qu'il imaginait sortir, au même instant, des Diamantaires — grisées par la bouteille de vin résiné, les rengaines qu'on avait jouées spécialement pour elles, et leurs moqueries sur leurs dernières conquêtes, les veufs ou les vieux célibataires de l'Espace Montmartre auxquels elles promettaient, de dimanche en dimanche, des rendez-vous où elles savaient, d'avance, qu'elles ne se rendraient pas. Si elles l'avaient vu arriver, ainsi défait, elles auraient couru vers lui, l'auraient pris par le bras en lui disant : « Mais dans quel état tu t'es mis !... Et tout ça pour une petite gouape chic... Ce n'est plus de ton âge, mon pauvre Auguste... Allez, viens tout nous raconter. » C'était cela qui l'aurait sauvé, et nous avait toujours empêchés de sombrer : le récit d'une aventure aussitôt qu'elle était vécue par l'un de nous. Racontée, elle devenait assez dérisoire pour rejoindre les souvenirs, se ramener à une allusion cocasse, un passage, à peine mélancolique, d'une conversation sur un banc du square Louvois, des jardins du Palais-Royal ou de l'arrière-salle du Firmament, au coin de la rue du 4-Septembre. Elles l'auraient écouté sans répit pour le délivrer peu à peu de son amour, le ramener vers le cœur de ce quartier, dont il se rendait compte qu'il lui était lié plus qu'à aucun visage et qu'il lui devait, parce qu'il l'avait toujours obligé à maintenir un semblant de dignité, de n'être jamais tombé de douleur à l'angle de ses rues ou de ses jardins. Il n'osait pourtant pas encore y revenir, tel un vieux soldat qui, de retour d'un combat perdu, continuait à rôder sous les remparts de sa ville natale en retardant l'instant d'y réapparaître désarmé et humilié.

Je le découvris, là, vers midi, sur un banc du boulevard Richard-Lenoir, envahi par les tourbillons de poussière et de feuilles brûlées, dans le silence de ce dimanche de juillet où Paris, avec ses volets fermés, ses colombes endormies, son ciel couleur de plaine sèche, ses squares vides et les secousses, dans le vent torride, des auvents inutiles, prenait l'aspect d'une ville abandonnée du grand Sud. Il avait la tête inclinée sur le côté, les mains lâches sur le sac coincé entre les genoux, les sandalettes dénouées. Ce fut ma voix qu'il reconnut d'abord, mais avant de se tourner vers moi, il levait le coude et s'en protégeait les yeux, repris par sa panique devant la lumière d'été, espérant peut-être que ce fût la nuit, toujours. Et comme s'il n'avait cessé de parler durant son demi-sommeil, de repasser la scène de la soirée, d'expier la faute qu'il croyait avoir commise, il disait : « Il m'a quand même envoyé une carte de là-bas... J'ai dû compter un peu pour lui... » — comme s'il voulait se prouver à lui-même qu'il n'avait pas souffert pour rien, que toute cette architecture de douleur mentale reposait sur une vérité, même disparue : « Tu ne crois pas qu'il m'aimait un peu ?... » répétait-il, en recherchant une dernière approbation, ne demandant pas à être consolé, mais seulement justifié de l'état de prostration dans lequel je le trouvais. Parce que je savais que sa crainte de tourmenter ses amis l'emportait toujours sur la tentation de l'engloutissement dans son propre chagrin : « Simone est inquiète... Elle t'attend... Elle veut t'emmener à Mers-les-Bains. » Son visage se colorait un peu, un souffle de fraîcheur semblait parcourir ses traits, il respirait mieux, abaissait le coude, n'avait plus peur du jour, rassuré du climat d'éclipse qui régnait autour de nous, de cette lumière cendrée de côte océane, avant le soir, à laquelle il s'abandonnait, le temps de « se reprendre ».

Tandis que de rares silhouettes traversaient la fin du boulevard entre les tourbillons de feuilles sombres, je croyais me retrouver sur l'esplanade de la minoterie à Saint-Arnaud, la veille du jour de l'Indépendance, entouré par les rafales de sirocco et de cendres des chevaux qui brûlaient, au loin, dans la plaine, avec pour tout bruit, dans le désert du village — une fois claquées les portières des dernières voitures des Européens qui s'en allaient pour toujours — le choc des volets contre les rampes des balcons des appartements abandonnés et le passage cahotant de l'ancien car de la Compagnie des Oasis qui déménageait les enfants de l'asile de Tocqueville. Leurs pauvres têtes vieillies dodelinant derrière les vitres, sur lesquelles ils plaquaient les mains libérées des sangles de cuir qu'on n'avait pas pris le temps de leur attacher, ils ne savaient pas, eux, qu'on les changeait de ville et de pays, qu'ils allaient bientôt traverser la mer, aborder à une autre terre où leur unique horizon serait, à nouveau, le grillage d'une fenêtre et le feuillage d'un arbre dont ils ne connaîtraient jamais le nom. Alors que je la croyais assise, son chiffon jaune à la main, dans la pénombre de la salle à manger qu'elle n'avait pas songé à vendre, ne serait-ce que pour quelques billets, et qu'elle avait « briquée » pendant des jours comme si elle avait voulu que les inconnus qui allaient s'en emparer fussent impressionnés par le brillant du plateau de cuivre, l'ordre des cavaliers de cristal alignés sur les étagères et le bleu tendre des napperons qui ne s'étaient pas fanés depuis vingt ans, ma mère apparut, là-bas, au seuil de l'immeuble. Elle se raccrochait à l'angle du porche pour descendre la marche de biais puis me faisait un petit signe pour que je la rejoigne. Elle s'appuyait à mon épaule en me disant : « Viens, mon fils, viens... » Elle redoublait de vaillance comme si le spectacle de sa détermination, sa capacité à surmonter ses douleurs, la perfection de sa tenue — son tailleur anthracite éclairé par la broche de myosotis de brillants et son chemisier blanc — étaient sa façon, à elle, de montrer qu'elle n'était pas vaincue et continuait à appartenir à cette terre. Je l'aidais à se pencher pour qu'elle pût toucher ce qu'elle se contentait de regarder du haut de son balcon depuis des mois : le bas de la verrière de la minoterie, derrière laquelle, les nuits d'insomnie, elle avait vu voltiger, comme un halo de neige, la poudre des cristaux de semoule ; le palmier à l'angle du trottoir, dont elle enroulait autour des doigts les fibres d'écorce aussi blondes et légères que des cheveux d'enfant ; la conque d'argile reposant sur le bord de la fontaine dont elle murmurait la devise inscrite au fronton : « Celui qui y boira, y reviendra toujours... » Malgré ses talons qui s'enfonçaient dans les rainures de la terre crevassée par l'été, elle ne butait sur aucune pierre, à l'entrée du champ de bleuets, s'apprêtait à retirer sa veste, à s'asseoir parmi les fleurs, comme si elle accomplissait le premier geste des seules vacances qu'elle se serait jamais accordées, insoucieuse de la clameur oscillant entre l'allégresse et la menace qui s'élevait des remparts du Village Nègre. Monsieur Champetier accourait déjà, en nous criant, affolé : « Qu'est-ce que vous faites là ?... Vous allez vous faire tuer... » Mais elle n'arrivait pas à se détourner du champ de fleurs et, bien qu'il la soulevât presque dans ses bras pour l'entraîner, elle lui résistait et disait, en pleurant, dans le vent qui avait une odeur de litière et d'adieu : « On va laisser tout cela... Tout cela... » alors qu'elle n'avait jamais profité des pique-niques collectifs organisés dans le pré et, seule, en plein midi, dans sa chemise de nuit, avait regardé les familles heureuses déplier les nappes à l'ombre des oliviers.

Il nous ramenait vers la cité des Cheminots. Il n'y avait plus personne. Les oies et les agneaux quittaient les enclos abandonnés et envahissaient les jardins obscurs. Une fois que nous fûmes tous rassemblés dans la salle à manger, il prit des planches, commença à les clouer sur la porte de la maison lorsque ma mère lui dit : « Vous ne voulez pas laisser entrer le vent ?... » Sa voix était si peu amère et calme qu'il lâcha les planches, rouvrit la porte. Nous rapprochant, l'un après l'autre, du seuil, nous nous laissions envahir par le sirocco qui nous amenait l'odeur du cambouis, des roses, des rails surchauffés, des palombières et des églantiers. Envoûtés par son odyssée à travers le désert et les plaines, nous préférions l'écouter plutôt que de toucher aux plats du dîner d'adieu qu'avait préparé madame Champetier. Accompagnées de tirs de mitraillettes, les clameurs gagnaient le village. Monsieur Champetier courait vers la fenêtre, essayait de deviner leur direction exacte dans la nuit. Mais ma mère, à nouveau, l'apaisait : elle lui disait qu'il ne fallait pas avoir peur, que rien ne pouvait nous arriver. Par admiration pour son courage, pour essayer, peut-être aussi, de dominer le tumulte, il alla vers l'électrophone, mit une valse de Strauss, vint tout de suite vers elle, et, ouvrant les bras, lui dit : « Venez, madame... Venez avec moi... » Elle balbutiait — de surprise, de plaisir qu'il parvînt à se délivrer pour un temps de la hantise d'un massacre : « Vous savez que je ne peux pas !... » Mais il insistait, la soulevait déjà du fauteuil, l'entraînait contre lui. Sa tête reposant dans l'entrebâillement de sa chemise en serge noire de cheminot, les talons de ses escarpins frôlant à peine le sol, elle esquissait juste un geste pour vérifier que la broche n'était pas tombée dans la précipitation de l'élan, puis fermait les yeux. Son visage rayonnait de quelque chose qui ressemblait à l'amour, se confondait avec le regret de la douceur, un besoin de soulagement — de ne plus toujours tout porter elle-même —, la remontée d'une très ancienne rêverie sensuelle et d'un désir de jeunesse qui ne s'était jamais tout à fait éteint en elle. Nous la regardions tourner dans les bras de monsieur Champetier qui, en accélérant le rythme, semblait vouloir lui faire rattraper, le temps de cette unique valse, toutes les fêtes de Saint-Arnaud auxquelles elle n'avait pas participé et les printemps où elle s'était contentée de suivre les bals du haut de son balcon.

Le lendemain, quand arriva le dernier train quasi désert, où elle avait si souvent regardé monter les femmes de colons dans leurs tailleurs frais, monsieur Champetier l'aida à gravir le marchepied et à s'installer dans un compartiment. Stupéfaite d'occuper la place des voyageurs de première classe, elle caressait les accoudoirs au cuir doux, charnu et sombre de missels, appuyait avec ravissement la nuque sur les appuie-tête aussi immaculés et ajourés que des surplis de dentelle. Elle semblait ne pas réagir au sifflement du train, fixait les photographies des stations balnéaires de métropole. Ce fut seulement au moment où le convoi dépassait les jardins de la cité des Cheminots qu'elle se tourna pour apercevoir le porche fermé de notre immeuble, la chaise de rotin sur le balcon, la terrasse où ballottaient les draps de sa dernière lessive, le dôme de la salle des fêtes, où elle n'était jamais entrée, et la rue des Nouveautés où elle avait acheté l'édredon d'été — le seul bien qu'elle emportait — et contre lequel elle retournait son visage flétri de pleurs avant que le village ne fût recouvert par le souffle de sable, de drapeaux et d'incendies mal éteints.

« Tu crois qu'ils sont encore valables ?... » me demandait Auguste, tandis qu'il se levait du banc en me tendant les billets qui semblaient avoir été chiffonnés par mille mains. Il feignait d'en rire dans un sursaut de dérision et d'ironie surexcitée à l'égard de lui-même. Il retrouvait le geste emphatique de sa main droite, qu'il balançait, en marchant, au-dessus de son visage comme s'il dépliait un éventail imaginaire avant de le lancer en arrière. Peut-être se vengeait-il, en s'abandonnant à cette frivolité d'apparence, du maintien réservé qu'il s'était contraint à composer la veille pour plaire à Serge. « Ce serait trop bête de les perdre... je suis content de partir... » ajoutait-il avec un rire exalté qui noyait le dépit de s'être renié à ce point : « Simone sera heureuse de te faire découvrir sa maison, de t'emmener vers les Falaises Noires... Sur le chemin de la Sauvagère... » lui dis-je. Il souriait d'abord du plaisir d'entendre ces noms que Simone avait, tant de fois, évoqués rue des Moulins, mais, en même temps que ces images le libéraient de l'enfer de Paris, elles voilaient son visage d'une stupeur triste car, les dernières semaines, il avait tellement songé à ces paysages marins en y associant Serge qu'il était incapable de les concevoir par eux-mêmes et de les isoler mentalement : la silhouette de celui qu'il continuait à aimer surgissait d'un coin de plage, de pré ou de ciel, elle envahissait la moindre part d'eau ou de terre et sa simple apparition, dans son pantalon blanc et sa chemise azur, suffisait, telle une lame de feu, à calciner les couleurs autour d'elle, à éteindre la fraîcheur de l'Océan, à ossifier le relief qui, dans sa nudité sidérale, l'asphyxiait d'une colère désemparée contre sa propre impuissance à oublier.

« A mon âge... A mon âge... » répétait-il, mais sans pouvoir, aujourd'hui, mettre dans cette formule d'exorcisme la moindre touche d'humour, ce ton d'excuse attendrie pour l'extravagance de ses sentiments et de ses désirs avec lequel il la prononçait d'habitude. Ce n'était qu'une affirmation lasse, un constat épuisé, car il croyait que Serge venait de l'exiler dans la région de vieillesse qu'il avait redouté, un jour, d'atteindre : celle où, après avoir perdu le goût d'anticiper et renoncé à toute prise sur les êtres et les choses, on devient le souvenir de soi-même.

Dans son appartement flottait encore une odeur de cire, de fleurs et de colle avec laquelle il avait appliqué sur les murs la toile beige rosé qui, dans le soir, prenait des reflets fauves. Sur la table basse étaient disposés — comme avant un lever de rideau — deux verres, des coupelles emplies de biscuits et, près d'un bougeoir, un cadeau enveloppé d'un papier de soie rubis. Il semblait avoir honte de cette mise en scène qu'il avait préparée pour achever de séduire Serge, s'apprêtait, dans un élan rageur, à tout retirer, mais je l'en empêchais. « Ce sera pour nous deux... » lui dis-je en allant chercher la bouteille de champagne dont j'étais certain qu'il l'avait mise au frais. En s'installant face à moi, il paraissait étonné d'être revenu, cherchait à se réhabituer à lui-même, à la fois grisé par les premières coupes et assommé, comme au sortir d'une mauvaise fête dont il ne se souviendrait pas en quel lieu elle s'était déroulée. On ne savait quelle expression allait l'emporter sur son visage : le réconfort de ma présence ou le dépit douloureux que ce ne fût pas Serge — là, assis à ma place. Afin de ne pas me blesser, il luttait pour ne plus regretter ce fantôme de beauté qui me dépassait infiniment, sur la banquette, et que j'essayais de faire refluer derrière moi en l'obligeant à répondre à mes questions, en détournant son attention vers l'harmonie de sa collection de pique-aiguilles, la perfection des travaux qu'il avait accomplis et l'ombre du ciel qui descendait — alors que retentissait la sonnerie du théâtre du Palais-Royal — vers la fenêtre ouverte de la loge où une jeune actrice tournoyait dans sa robe d'ingénue de comédie de boulevard. Bousculant tout sur la coiffeuse pour y chercher des accessoires, elle semblait s'affoler de ne pas arriver à temps sur la scène, d'y entrer sans observer ces minutes de concentration nécessaires pour changer d'âme, accomplir la migration intérieure que William prolongeait, de soir en soir, dans les coulisses de *L'Enfant de l'étoile*. Il devait émerger, en ce moment, des vagues de la baie de Carloforte, et s'envelopper de sa serviette pourpre dont il jouait comme d'une cape, échanger avec ses camarades — parce qu'il ne fallait jamais perdre le fil — des répliques de *La Ménagerie de verre*.

« Tu ne vas pas le rejoindre ?... » me demandait Auguste avec un mélange d'affection, d'envie et d'appréhension que je ne m'éloigne de lui. « Non, bien sûr... Que ferais-je, là-bas ?... A mon âge... A mon âge... » lui dis-je à mon tour pour lui montrer que je le rejoindrais bientôt dans la même pénombre de la vie. Il semblait rassuré que le soleil achevât de se voiler au-dessus des jardins du Palais-Royal où le noir paraissait descendre des grilles, envahir les fûts des tilleuls, les massifs de verveines rugueuses et de tabacs dont le jaune absinthe rappelait celui des lettres de l'enseigne du Cancan qui, à cette heure, devait se remettre à clignoter et où je me promettais de le ramener bientôt.

Une sorte de paix épuisée gagnait son visage, il pouvait laisser remonter en lui, sans trop en souffrir, le soir de mai où, traversant les jardins à ses côtés, Serge lui avait dit soudain qu'il n'avait jamais rencontré quelqu'un d'aussi compréhensif ; le dîner, ensuite, à la terrasse de La Muscade, où, devenu plus humble, il lui avait demandé des conseils pour la conduite de sa vie, lui donnant le rôle d'un père à la fois intransigeant et miséricordieux. En marchant ensuite sous les arcades, Serge lui avait parlé de pièces à la Comédie-Française ou de spectacles de danse au Châtelet qu'ils verraient peut-être ensemble, à la rentrée, d'un Noël où il aimerait partir avec lui, le préférant à des amis dont il lançait parfois les noms et lui promettait de lui faire connaître plus tard.

Ce « plus tard » n'arriverait jamais et pourtant ces paroles, ces scènes qui lui revenaient se délestaient peu à peu de leur poids de regret anxieux et gagnées par un calme qu'elles n'avaient sans doute jamais eu se métamorphosaient en un idéal révolu. La nuit touchait ses paupières qui perdaient leur boursouflure ridée, retrouvaient une douceur presque juvénile ; elle rendait à ses yeux un peu de leur couleur d'antan — ce bleu crédule, enchanté —, retirait à son menton et à son buste leur raideur offensée, cessait de faire trembler sa main sur la nouvelle coupe de champagne que je lui tendais ; libérait sa respiration, ne contrariait plus sa circulation du sang comme si elle lui avait forgé des organes dont la seule régulation dépendait d'elle. Elle prenait son amour et l'exilait vers les régions extrêmes du cœur d'où il ne reviendrait que pour, dans quelques mois, ralentir son pas sur le trottoir de la rue des Petits-Champs, atténuer le son de sa voix dans un magasin du quartier, voiler son regard au passage de la station Saint-Maur si, par hasard, il s'aventurait, à nouveau, de ce côté-là de Paris.

Je l'accompagnais, le lendemain, à la gare Saint-Lazare. Dans la salle des pas perdus, il avançait devant moi avec Simone : on aurait dit un vieux couple aimant. Simone, fardée, enjouée, tenait un parasol sous le bras ; Auguste serrait la poignée de sa valise, le visage cramoisi sous le panama qu'il n'avait pas porté depuis vingt ans. Il sursautait à chaque appel du haut-parleur, manquait trébucher dans ses sandalettes que la pluie avait rétrécies, étourdi par les mouvements d'une foule dont il n'avait pas l'habitude. « Mon pauvre Auguste, si tu sortais davantage !... » lui répétait Simone en l'entraînant énergiquement, ébloui par la réverbération de la lumière sur la verrière, encore chaviré par le coup de téléphone que Serge lui avait donné de l'aéroport juste avant d'embarquer pour Londres. Il ressassait les quelques paroles d'au revoir de Serge qui, d'abord, l'avaient soulagé — il n'avait donc pas tout à fait disparu de son esprit, se disait-il — puis déchiré : il avait vu dans son insouciance une cruauté supplémentaire, une ironie de dernière minute, d'autant que Serge lui avait annoncé qu'il partait avec un ami, un certain Jérôme qu'il s'épuisait, depuis, à imaginer. Il se hâtait, rattrapait Simone, se persuadait qu'il fallait que « tout rentrât dans l'ordre », comme il nous l'avait promis. La tête secouée, il semblait déjà s'abandonner au vent de la mer, dont il souhaitait qu'il lui cinglât la mémoire et emportât ce qui lui restait d'amour. Lorsque je lui demandai de sortir les billets de son sac, il me les tendit avec une tristesse médusée comme si revenait en lui la rumeur de la pluie sous laquelle il les avait présentés à Serge. Puis il essayait de les défroisser pour arriver à les composter.

Dès qu'ils se furent installés dans le compartiment et qu'il se mit à la fenêtre, je sentis qu'il ne me regardait pas vraiment, qu'il guettait dans mon ombre le passage d'une silhouette, tendu par une dernière espérance qu'il ressentait lui-même comme absurde — que Serge lui eût fait une plaisanterie et courût vers lui au dernier moment. Quand le train s'ébranla, alors que Simone se plaçait derrière lui comme pour le protéger, les gestes qu'il faisait avec sa main — si blanche et maigre dans la brume grise de suie et de chaleur — étaient trop précipités, allaient trop dans tous les sens pour qu'il s'adressât simplement à moi : il disait adieu à Serge, aux nuits de juillet, à tout cet amour qu'il croyait laisser derrière lui et qui, à ses yeux où montaient les pleurs, semblait habiter la fin du quai, la salle des pas perdus, les marches de la gare, les boulevards et Paris tout entier.

VII

Mon père m'avait dit au téléphone, presque timidement — comme s'il s'en excusait par avance — qu'il serait, au cours de son bref passage à Paris, accompagné par une « dame » : madame Casanova, une veuve de Pila Canale, qu'il avait connue à Ajaccio, au club du troisième âge. Mais quand je le retrouvais au bar de la Madeleine où nous nous étions donné rendez-vous, il était seul au bout de la terrasse déserte en ce dimanche matin, courbé sous son chapeau de feutre gris vers un verre de menthe à l'eau. En m'apercevant, il se levait — déséquilibré sur le côté gauche, à la suite de son attaque d'hémiplégie —, retirait son chapeau et après m'avoir embrassé, me disait, en désignant la chaise vide à ses côtés : « Elle est restée à l'hôtel, elle se sentait un peu fatiguée... » Je le trouvais rajeuni, la peau de son visage plus douce, les pommettes rosies, le front lisse, presque sans rides, sous les cheveux toujours mouillés de brillantine. Ses yeux gardaient un étonnement radieux d'être allé si loin pour le premier voyage qu'il accomplissait dans sa vie, d'avoir traversé des mers aux noms différents, vu la lumière du Nord et le bleu des fjords. En dépliant le prospectus de la croisière sur la table pour m'encourager à y aller à mon tour, il me décrivait la beauté du *Mermoz*, le luxe des cabines et la gamme des distractions à bord. Il ne s'était privé d'aucune, répétait-il, encore ébloui par les bals auxquels, malgré l'état de sa jambe, il avait participé chaque soir. Puis il énumérait les escales : Londres, Stockholm, Leningrad. C'était là, d'ailleurs, qu'il m'avait acheté ce portefeuille en cuir roux, incrusté d'une devise en russe, qu'il me tendait, content et anxieux comme toujours : « Il te plaît ?... » me demandait-il. Si le cœur changeait parfois dans la vie, les gestes, eux, demeuraient immuables. Je me souvenais des dimanches matin de mon enfance, à Saint-Arnaud, quand — après que ma mère lui avait demandé de partir et de s'installer ailleurs — il venait nous voir, ma sœur et moi, en autobus depuis Bordj Bou Arreridj. Dès qu'il entrait dans la pénombre du café, où nous l'attendions à midi, il s'exclamait : « Comme vous êtes bien habillés !... » Il regardait, extasié, les manches bouffantes en satin or de la robe d'Isabelle puis le bleu roi de mon nœud papillon ; lui, il avait honte de sa veste fanée par le soleil de la cour de la minoterie où il distribuait les sacs de semoule aux ouvriers, et disait : « C'est ma veste de semaine, ne faites pas attention... » alors que nous savions qu'il n'en avait pas d'autre. Il tirait de ses poches aux revers décousus les deux bourses de sucreries qu'il avait achetées au bazar de Sétif. Inquiet que cela ne fût pas assez, il balbutiait qu'il ne pouvait pas faire plus en ce moment. En nous voyant plonger les doigts pour prendre au fond les berlingots et lui sourire avec reconnaissance, ses yeux devenaient humides. Alors que, jusque-là, il ne semblait pas s'être donné le droit d'être à nos côtés — voûté sous les regards de pitié condescendante des colons attablés autour de nous —, il osait enfin se pencher en avant et caresser nos cheveux de sa main qui tremblait de gratitude et d'affection retenue. Pour éloigner le silence qui — croyait-il — risquait de descendre bientôt entre nous, il nous demandait des nouvelles des voisins, et puis, comme négligemment, bien que son visage se tendît, devînt un peu plus pâle, avant de se tourner vers les joueurs de billard : « Et votre mère ?... » Nous baissions d'abord les yeux vers nos verres de grenadine et, pour lui faire plaisir, lui montrer que rien n'avait changé : « Elle fait le grand ménage, comme d'habitude... Elle ne sort pas beaucoup... » Soulagé qu'elle n'eût pas refait sa vie et menât la même existence cloîtrée, il nous demandait, avec un air de reproche malicieux : « Vous l'aidez un peu, j'espère... Vous n'attendez pas qu'elle fasse tout ?... » Il n'avait pas le moindre ressentiment envers elle qui, pourtant, l'avait tant de fois humilié en répétant, à qui voulait l'entendre, qu'elle n'avait pas tiré « le bon numéro ». Le café se vidait, il nous prenait par la main et nous marchions sans rien dire le long des villas où les familles s'assemblaient pour déjeuner dans la fraîcheur des vérandas. Nous nous arrêtions au square d'Orléans. Il n'y avait personne sous le kiosque. Nous nous asseyions, chacun, sur un banc. Il sortait de son sac les sandwiches, enveloppés de cellophane, qu'il avait préparés pour nous puis la bouteille d'antésite. Nous mangions dans la chaleur et le silence traversé par la rumeur du vent du sud, le claquement de la bâche qui recouvrait le théâtre des marionnettes, le cliquetis lointain des couteaux et des fourchettes, un appel lancé par un serviteur, des rires dans un jardin, le dernier klaxon du marchand de glaces qui disparaissait dans le désert du village. Ensuite, pour rejoindre le stade, il nous faisait prendre le chemin le plus long qui passait par le bas de la rue Ampère d'où — si le sirocco abaissait les branches des palmiers — il avait peut-être une chance d'apercevoir ma mère assise sur le balcon ou debout derrière les vitres, dans l'entrebâillement du rideau. Dans les gradins de la tribune d'où nous regardions des chiens-loups sauter à travers les cerceaux enflammés, nous savions qu'il ne pensait qu'à elle et nous oubliait presque. Nous voulions que le spectacle durât le plus longtemps possible et que n'arrivât jamais l'annonce au haut-parleur du vainqueur du concours, suivie par les derniers applaudissements. Car ce serait quatre heures, l'instant où il devrait reprendre l'autobus, où, avant de monter, il allait nous serrer sur sa poitrine en nous disant : « A dimanche prochain... Si la route n'est pas coupée... » Sur la vitre poussiéreuse, à l'arrière de l'autocar, il griffonnait de petits signes, de plus en plus las à mesure qu'il s'éloignait. Désemparés sur l'esplanade, nous suivions l'ombre de l'autobus dans les tourbillons de sable qui, en retombant, marquaient, bien avant la nuit, la fin du dimanche.

Malgré les années, il paraissait moins âgé, aujourd'hui, si détendu, presque épanoui dans le costume d'alpaga qu'un tailleur d'Ajaccio avait dû lui confectionner spécialement pour le voyage. Il en était fier, rougissait quand je disais combien il lui allait bien, lui donnait une allure de jeune homme. Il prenait enfin, mais sans ostentation, une revanche sur la vie. Oui, ajoutais-je, j'étais heureux qu'il ait fait ce voyage, lui demandais d'autres détails sur la croisière, la vie à bord, l'exhortais à en faire d'autres — l'Italie, par exemple, l'Égypte, l'Écosse. A chaque nom de pays que je lui lançais, il enchaînait, exultant : « Pourquoi pas ?... », en proposait d'autres à son tour et, dans ce tourbillon de cités solaires ou brumeuses, de climats, de langues et de ciels étrangers, nous nous laissions tous les deux griser par le vertige des départs rêvés, emporter par les mêmes visions précipitées qui nous faisaient rire de complicité euphorique et repoussaient vers le ciel de Paris l'ombre de réserve, de réticence à toute effusion qui, pendant longtemps, nous avait séparés.

Les colonnes et le fronton de la Madeleine paraissaient se dissoudre dans la brume de chaleur. Il avait un regard si ardent et bon en me tapotant la main : « C'est bien aussi, d'être seul... », comme s'il avait tout compris de ma vie sans me poser la moindre question ni s'autoriser jamais à s'immiscer en elle. Aussi, quand il ajouta : « Si tu as besoin de quoi que ce soit, je suis là !... », moi qui, depuis toujours, étais réfractaire à toute généalogie, m'exaspérais des reconstitutions de lignées dont la Princesse Verte s'abreuvait au comptoir du Cancan, j'avais le sentiment d'avoir une ascendance, d'appartenir à une terre. « Tu reviendras à La Vaccareccia, même si Juliette n'est plus là ?... » me demandait-il. Il savait que je ne pouvais imaginer la maison sans elle, devant la porte verte, et son petit gilet qu'il ajustait sur ses épaules ou lui lançait du balcon quand, le soir, elle décidait de partir avec les enfants d'Anna en promenade à travers le maquis. Lui seul s'était aperçu qu'elle avait de plus en plus froid, qu'elle grelottait même, parfois, les après-midi d'été et, malgré ses protestations rieuses, il l'obligeait à l'enfiler. Le matin de sa mort, il le tenait dans ses mains, près du lit où elle reposait sous le miroir voilé de noir, et lissait sans fin le col et les manches, comme pour retrouver un peu de son corps, de son parfum et de ses frissons. Le lendemain, il ne l'abandonnerait qu'au dernier instant, avant de descendre vers la tombe en trébuchant dans la boue du chemin et en se raccrochant à mon bras comme un enfant perdu.

Il s'essuyait le front avec son grand mouchoir brodé, en profitait pour regarder furtivement sa montre, n'osait pas me dire qu'il était temps, pour lui, de partir. A l'hôtel de la rue Saussier-Leroy, où il avait tenu à ce que je le raccompagne, madame Casanova était là, assise dans le silence frais du salon. Comme si elle venait à peine de descendre l'escalier, sa poitrine se soulevait encore sous le chemisier imprimé de pivoines rouges, qu'elle avait dû acheter dans une escale des pays baltes. Quand je m'approchais, elle levait, avec un air de modestie effarée, ses yeux pleins d'indulgence rieuse sous le souffle des cheveux blancs. Il essayait d'adopter un ton neutre en la présentant : « Madame Casanova... ma compagne de voyage... » Mais, pendant quelques secondes, ils s'observèrent avec une telle intensité — comme si l'un remerciait l'autre d'avoir accepté son amour. Alors que je prenais les bagages, il la devançait, l'aidait, bien qu'il manquât chavirer sur le côté gauche, à descendre la marche du seuil de l'hôtel. Une fois qu'elle s'était installée dans le taxi, il veillait à ce qu'elle fût bien installée, réglait l'ouverture de la vitre pour qu'elle n'eût pas trop d'air tout à l'heure sur la route de l'aéroport. Après m'avoir pris sur sa poitrine, il me demanda : « Tu seras là pour le prochain colis ?... », ces poches de canistrelli qu'il portait dans chaque main depuis les jardins de l'Empereur jusqu'à la poste, dont il gravissait les marches dans une ascension cahotante vers le guichet où il criait presque : « C'est pour mon fils !... » Cet envoi régulier de paquets, à travers les années, incarnerait, jusqu'au bout, le lien — à la fois d'absence, de regret et de fidélité secrète — qui nous unissait. Quand le taxi démarrait, il agitait la main en une série de tapotements enjoués. Puis, au tournant de la rue, alors que je croyais ne plus rien distinguer de lui, il griffonnait quelques signes, en se retournant, sur la vitre arrière comme il le faisait avant au fond de l'autocar qui s'en allait de Saint-Arnaud. C'était les mêmes signes, pensais-je, le cœur serré, à moins que ce ne fût moi qui m'obstinais à voir en eux les reflets d'au revoir depuis longtemps perdus.

VIII

Août passait. Auguste me téléphonait souvent — presque chaque jour, vers cinq heures. Sa voix d'abord épanouie, il me racontait ses marches avec Simone, dans la matinée, au bord de l'eau jusqu'aux Falaises Noires. Comme je m'étonnais qu'il traversât ainsi le jour, il me disait, avec un demi-rire malicieux : « Elle m'apprend à aimer le soleil. » Il se grisait de la beauté des garçons qu'il regardait s'élancer sur leurs planches à voiles ou croisait sur la jetée sans qu'ils détournent les yeux lorsqu'ils se sentaient observés. Puis sa voix s'embrumait et, dans un souffle, il se risquait à me demander : « Il n'y a pas eu de courrier pour moi, aujourd'hui ?... » Je lui répondais invariablement : non. Il ne disait plus rien, et j'avais beau lui suggérer qu'il semblait être heureux, à Mers-les-Bains, il m'écoutait à peine, mes paroles étaient incapables de le détourner de la tristesse dans laquelle il se laissait couler comme dans l'ombre d'un soir prématuré. Lorsqu'il reposait le combiné, je devinais qu'il restait là, dans le silence du corridor, regardant — les mains accrochées au rebord de la tablette — les barques comme arrêtées, chargées de somnambules, au loin, et le ciel qui paraissait tomber vers le gris de la mer. Alors Simone, en le voyant si pâle, devait lui prendre la main et l'emmener vers le petit jardin sur le banc de liège, où il abandonnait la tête sur son épaule, jusqu'à ce qu'avec la nuit les reflets des lumières du casino viennent glisser sur la terre de bruyère.

William ne m'annonçait pas son retour. Ses cartes s'espaçaient. Elles me semblaient de plus en plus distraites, n'évoquaient plus que son travail sur le texte de *La Ménagerie de verre*. Je buvais davantage, chaque soir, au Cancan. Si j'allais m'asseoir parfois sur le banc du square La Bruyère, c'était entraîné par une sorte d'automatisme de la solitude et l'illusion d'anticiper son retour en contemplant le rouge du carré de tissu qui commençait à s'estomper sous la poussière de l'été. Parfois je tirais de la housse de la blanchisserie de la rue d'Aumale, où j'étais allé le chercher, l'imperméable de chez Burberry's et le revêtais pendant quelques minutes, uniquement pour me glisser dans la forme de son corps et sentir sur mes épaules la tiédeur empesée de la doublure de satin, résistant mal à la tentation de le porter sous les averses, presque froides, qui annonçaient l'automne.

En fin d'après-midi, j'allais assister aux répétitions de Cocaïne qui préparait sans relâche le gala de septembre. Son travail s'affinait au fil des jours. Louise qui s'installait à la même table, au milieu de la salle, corrigeait inlassablement son jeu de scène. Elle la délivrait peu à peu des déhanchements outranciers, des coups de seins accrocheurs, des moues charnues qu'au temps du Rubis, à Cannes, elle lui recommandait pourtant pour « passer la rampe » et retenir la clientèle. En déambulant sous les étoiles, dont on avait repeint de bleu pastel les cicatrices de stuc, Cocaïne acquérait une discrétion aérienne de maintien, un délié, à peine sophistiqué, dans le mouvement des bras, une élégance évanouie de la démarche que lui envierait bientôt — comme elle en rêvait — Lady Lys. Avec Madeleine qui s'arrêtait de revernir son comptoir pour l'écouter, et Olivier qui, lui, ne songeait plus qu'au tableau où il incarnait Cécile Sorel, débarquant de son yacht sur la plage de L'Isle-Adam, nous l'applaudissions à chaque reprise, saisis par la ferveur calme, la tristesse ardente et dominée avec laquelle elle interprétait la romance des *Cœurs perdus*, comme si, pour chanter les adieux, elle recherchait en elle non seulement le souvenir de son « grand amour de Genève » mais celui de toutes les amours éteintes de sa vie.

Hélène m'attendait dans l'ombre du jardin de la maison de Clamart, habillée de blanc, une main ramenée au bas du cou d'où elle avait retiré le collier que François lui avait offert au printemps. Elle n'avait plus son air tendu, malmené des premiers jours de l'été et semblait avoir retrouvé ici le rythme des saisons et du monde. « Regarde !... » me disait-elle, en m'embrassant ; elle me montrait les partitions des *Cœurs perdus*, composées par Vladimir Cosma, que le directeur de l'Institut Louis-Lumière venait de lui transmettre. « Tout est là !... » s'exclamait-elle — la visite au château, la poursuite dans la forêt de Compiègne, les adieux au square d'Anvers. La rétrospective aurait bien lieu, dans la dernière semaine de septembre. Son père reverrait les films dont il ne possédait même pas une copie, et qu'on avait crus à jamais égarés. On avait même retrouvé *Campagnes du Sud* dans les archives de la cinémathèque de New York. Des critiques avaient promis d'assister à la rétrospective, d'en rendre compte. On ne l'oubliait pas, on allait le célébrer à nouveau, s'écriait-elle avec une exaltation presque enfantine. Elle s'inquiétait seulement de ce qu'il réussît à parler devant le public pour présenter chacun de ses films — lui qui était au bord de l'aphasie à force de silence amer et de misanthropie butée et malheureuse. Il continuait à se projeter les *Cœurs perdus* même si, dans certaines séquences, les perspectives et les visages usés se voilaient de blanc. Dans tous les jardins obscurs, autour de nous, résonnaient les dialogues

— la bande sonore crépitait, les voix étaient à la fois emphatiques et éraillées — d'un homme et d'une femme qui tentaient sans cesse de se reconquérir, avec, dans les intervalles de leurs étreintes et de leurs querelles, le claquement d'une porte-tambour, le fracas d'un tramway, la musique d'un bal qui s'estompait sous la pluie.

Elle avait préparé sous la pergola la table fleurie par les couronnes d'asters et de clématites qu'elle avait confectionnées elle-même, comme toutes les fois où nous nous retrouvions ici, seuls, dans ces rendez-vous de fin d'été où nous faisions l'inventaire de nos désirs et de nos regrets. Il y avait en elle, ce soir, le calme d'une vieille fatigue dénouée. « J'ai rencontré quelqu'un, hier soir... » me disait-elle et, en venant poser la tête sur mon épaule : « Et ce n'était pas le cauchemar de l'autre fois », quand, l'hiver dernier, après que François eut annulé, à la dernière minute, pour demeurer aux côtés de sa femme, un voyage à Biarritz, elle avait appelé un ancien amant, aveuglée par une surexcitation que décuplaient son besoin inconscient de vengeance et le défi survolté, qu'elle s'était lancé à elle-même, de pouvoir se laisser étreindre par un autre homme que François. Sa volonté d'oubli s'était éteinte dès qu'il l'avait déshabillée et s'était étendu sur elle : une boule de larmes était montée vers sa gorge; les mains, qu'elle tenait, jusque-là, nouées sur la nuque de l'homme, étaient retombées de chaque côté, brusquement glacées, comme si elle était tirée en arrière par le souvenir de son amour qui la métamorphosait en une femme de pierre pleurant sur le bonheur qu'elle croyait perdu de la chair.

« C'était très bien, cette fois... » Elle me racontait — en chuchotant comme si elle voulait en maintenir l'aspect clandestin — que, hier soir, en sortant du Monteverdi, elle avait croisé un homme dans la rue Saint-Louis-en-l'Isle. Il lui avait effleuré la main : cela avait suffi pour qu'elle eût envie de lui et se laissât entraîner sans un mot, dans une chambre, de l'autre côté de la Seine, vers Saint-Paul. A peine avait-elle eu le temps d'appréhender de ne rien éprouver ou que le soulagement des nerfs lui tînt lieu de plaisir — tant, à force de renoncement et de chasteté intraitable depuis les nuits aux Roches Rouges, son corps s'était crispé, sa chair contractée en profondeur. Mais dès qu'il l'avait embrassée, comme elle aimait, au bas de la nuque, elle s'était abandonnée. Il l'avait prise, en lui retirant juste la jupe, au bord du lit. Elle avait joui très vite. Il ne l'avait pas raccompagnée, elle ne le reverrait sans doute plus. A peine lui avait-il dit, sur le pas de la porte, qu'il venait se promener parfois dans l'île. Mais elle lui était reconnaissante de ce qu'il lui avait accordé cette volupté de passage qui la libérait de François.

« Une fois qu'on est délivré de la peau, le reste

n'est rien... ou presque... » Il y avait dans ce « presque » un souffle de victoire un peu inquiète tandis qu'elle se glissait dans la chaise à mes côtés. Elle regardait briller, au-delà des terrasses et des jardins, les lumières de Paris, d'où s'était retirée la brume moite de l'été. Elle ne redoutait plus septembre. Entrecroisant ses doigts aux miens sur la table, elle laissait le vent frais lui ramener l'odeur de la laine du plaid dont elle s'enveloppait quand elle travaillait, tard, le soir, dans les bureaux déserts, et des serviettes brodées du Monteverdi où elle descendait dîner à minuit avec son associé ; des pierres mouillées de bruine de la cour où, une fois par mois, le samedi, elle accueillait ses invités pour les conduire vers la crypte où elle organisait des « soirées-opéra » ; des aubes encore tièdes où, habillée de son tailleur roux, elle partait diriger des séminaires dans des salles d'hôtel, en province — avec cette vaillance discrète, cette conviction presque euphorique de gouverner sa vie, à défaut de dominer ses amours. D'imaginer le temps où elle pourrait marcher, presque flâner, sous les fenêtres du boulevard Haussmann, s'installer, en fin d'après-midi à la terrasse du Fouquet's, qui était le point de départ de leurs voyages, sans regretter le vertige du faste où il l'entraînait, où elle pourrait prononcer les noms des villes — Saint-Pétersbourg, Parme, Salzbourg — sans que son cœur se serrât en y associant les balcons des palaces, les allées des parcs et les loges des théâtres où il l'enlaçait, annonçait — croyait-elle — la fin de son amour.

Une image la retenait peut-être encore au bord de l'oubli : celle de la maison de Russel Square, où il l'amenait en novembre et qu'elle aimait, avec sa terrasse traversée par les reflets des érables rougis, le miroitement du soleil frais sur la coupe emplie de vin de Sussex que lui apportait le serviteur aux gants blancs, cette part de ville et de saison qu'elle devait encore retirer de son cœur mais qui — elle le pressentait — s'évanouirait d'elle-même avec le cours de l'automne.

Les derniers échos des *Cœurs perdus* venaient mourir dans les frondaisons. Je reconnaissais le solo de trompette qui accompagnait la scène finale alors qu'une trace du halo blanchâtre qui entourait le mot « fin » vibrait dans la chute de roses. Les doigts d'Hélène se crispaient un peu sur la nappe : elle craignait toujours, à ces moments-là, que son père n'ait cessé de respirer. Mais on entendait bientôt le tâtonnement d'une canne sur les dalles de la terrasse. C'était le vieil homme dont je n'avais jamais vu le visage, tant il refusait d'apparaître à qui que ce fût. Je devinais seulement là-haut, derrière les balustrades, sa silhouette, moins chancelante que d'habitude : il luttait contre l'inclinaison de l'âge, s'efforçait, avec une dignité concentrée, de se donner un profil encore impérieux. Peut-être se préparait-il ainsi à monter les marches de l'Institut Louis-

Lumière. Il se dirigeait vers le fauteuil de toile et s'y asseyait. Il paraissait ne pas bouger d'abord, sous l'oscillation des plus hautes branches du chêne. Comme s'il venait de se recueillir sur la portée de son geste, il levait la main droite, la balançait dans un mouvement régulier et protecteur, semblait caresser, pour la consoler ou l'encourager, la nuque et les cheveux d'une actrice. Il la lançait ensuite en avant comme pour lui indiquer la place où elle devait se rendre, avant que ses doigts ne reviennent se poser sur l'accoudoir du fauteuil. Hélène savait que c'était le moment de monter, de s'approcher, à petits pas, de son père, de lui tendre le carnet où il griffonnait des ébauches de scène : il la persuadait ainsi que tout ne s'était pas tari en lui. A la légèreté avec laquelle elle se levait, à la bouffée de jeunesse qui traversait son visage, aux signes amusés et tendres qu'elle m'adressait de derrière la vitre du salon, j'étais sûr qu'elle ne souffrait plus.

IX

Était-ce l'effervescence de la rue Caumartin qui, à nouveau envahie par la foule des garçons, en débardeurs blancs malgré les souffles de pluie, prenait l'aspect d'une artère de station balnéaire se donnant une dernière illusion d'été ? La frénésie engourdie de l'alcool auquel je m'abandonnais au fur et à mesure que les jours passaient sans nouvelles de William ? Ou l'injonction quasi hypnotique d'Anthony qui, en se collant contre moi, me murmurait : « Je vais au Paradis... Cette fois, je t'emmène... », lui qui m'encourageait à ne pas perdre la moindre occasion de plaisir depuis qu'il s'était penché sur mon cœur, une nuit d'hiver, dans la pénombre de son salon de massage ? Je me laissais entraîner par lui, renonçant à ma vieille fidélité au Cancan qui, d'ordinaire, me rassurait. Sans que j'aie eu le temps de m'en rendre compte, je montais déjà les marches du Paradis, engorgées de monde, et j'étais parfois suspendu entre deux corps, obligé de m'agripper à l'épaule d'Anthony, devant moi, pour ne pas basculer — avant d'être précipité face à une immense arène où, dans les crépitements de lumière, dansaient des centaines de garçons, tandis qu'à chaque extrémité, sur des carrés de marbre noir, se contorsionnaient, sous des filets de soie dorée, des hommes dont les mouvements étaient si contrôlés qu'ils semblaient régis par une machinerie dissimulée à l'intérieur des piliers. « Ça change du Cancan !... » me criait Anthony dans le déferlement de la musique qui noyait la moindre parole. Lorsque les flambées blanches traversaient les ciels de fumées superposées, elles révélaient l'enceinte des miroirs où se regardaient — seuls dans leur concentration hallucinée, comme s'ils avaient entrepris un combat émerveillé avec eux-mêmes — les garçons qui dansaient au bord des glaces. Quand un mouvement de foule les obligeait à s'en éloigner, ils semblaient rechercher, tels des Narcisses chavirés et perdus, quelqu'un qui leur ressemblât et face auquel ils pourraient se placer comme devant un autre miroir. J'essayais de repérer, dans les zones de pénombre, un comptoir où j'avais peut-être une chance de trouver accoudés deux ou trois hommes de mon âge. Mais là où n'éclatait pas la lumière minérale, qui donnait au dancing l'allure d'une bacchanale surexposée, s'étageaient des gradins de velours, presque déserts, où étaient assis, comme en secret, quelques couples enlacés. Tandis qu'Anthony riait en imaginant la Princesse Verte ici — « effarée par tout ce cirque électrisé » —, il me sembla soudain voir William qui allait droit devant lui, courait presque dans la travée circulaire, et plus sombre, au bas des gradins. J'eus la sensation d'une main glacée qui procédait, en moi, à l'ablation d'un organe. « Qu'est-ce que tu as ?... » me criait Anthony. Mais non, l'été n'était pas fini, ce n'était qu'une de ces hallucinations inquiètes dues à un excès de désir, de regret ou de solitude. « Une vision, simplement... » lui dis-je, tandis qu'il me tendait un verre. Puis, appelé par des clients amis de son salon de massage, il s'éloignait tout en m'indiquant, de la main, le comptoir où je pourrais le retrouver.

Je tentais de me concentrer sur le spectacle des hommes en pagnes qui se libéraient de leurs filets et les laissaient planer au-dessus des danseurs survoltés. Mais ils devenaient soudain des voiles noirs qui descendaient sur le Paradis. Oui, c'était William, à quelques mètres de moi. Penché vers la piste, il agitait sa casquette blanche comme pour être reconnu par quelqu'un qu'il aurait perdu dans la foule. J'aurais voulu me confondre à l'ombre du pilier qu'épargnaient encore les déflagrations de lumière. Il balançait de plus en plus doucement sa casquette, renonçait, peut-être, à être vu, allait se déplacer vers un autre angle de la piste de danse lorsque, en se retournant, il m'aperçut. Au petit signe étonné, à peine troublé, qu'il m'adressait au-dessus des têtes qui nous séparaient, je compris que j'étais presque devenu, à ses yeux, un étranger ou simplement un ami, parmi d'autres. Comme il était beau, en fendant la foule jusqu'à moi : avec ses cheveux qui avaient doré, ses cils blondis, le bleu, plus limpide, de son regard. « Quand es-tu revenu ?... » trouvais-je la force de lui crier, mais je n'étais pas sûr, tant ma voix me paraissait devenir autonome, que ces paroles parviennent à mes lèvres. Il oubliait de les effleurer, préférait m'embrasser sur le front puis coller sa bouche à mon oreille pour me dire, dans un souffle qui me traversait le corps d'un désir que je savais ne plus pouvoir assouvir avec lui : « Le théâtre Marie-Stuart est libre plus tôt que prévu... On a commencé les répétitions ce matin... La première est avancée... » Je m'efforçais de sourire et moi, qui aurais tant voulu lui murmurer des mots tranquilles pour le retenir, tenter de le séduire une dernière fois, je devais hurler pour lui demander s'il ne voulait pas que nous sortions du Paradis afin d'aller parler dans la rue Caumartin où il me raconterait les bains et les nuits à Carloforte, l'état de leur travail sur le texte de la *Ménagerie*. Avait-il besoin de la licorne de cristal que j'avais toujours chez moi ? Il semblait deviner mes questions, s'apprêter à y répondre. Et peut-être aurait-il accepté de m'accompagner pendant quelques mètres, au moins : c'était autant de gagné, pour le garder encore un peu à mes côtés, pouvoir frôler son bras en marchant, lui soutirer des promesses de rencontres, même furtives, cet hiver, sur une banquette du Viennois. Mais quelqu'un que j'apercevais à peine, dont je ne voulais pas distinguer le visage dans les flots de fumigènes qui montaient de la piste, lui tapait sur l'épaule, ce qui le faisait instantanément se retourner dans un sursaut ébloui et soulagé. Il y eut quelques secondes où, me voyant désorienté, il eut la tentation de s'attarder à mes côtés. Mais il se laissait déjà entraîner en me criant avec une tendresse précipitée qui n'était que le masque d'un remords en fuite : « Je reviens... A tout à l'heure... » Je savais qu'il ne reviendrait pas, et que, s'il s'éloignait aujourd'hui de moi en abandonnant le parfum de son souffle sur ma nuque, ce n'était pas pour être emporté par une vague de détresse rageuse comme la nuit glacée de février où, perdu dans son imperméable de géant, il courait devant moi sur le pont des Arts —, non, c'était pour renaître là-bas, descendant vers la piste de danse, et tenant la main d'un compagnon de son âge, éclipsé puis ramené par une des pulsations de lumière du Paradis qui semblaient déjà m'habituer à ce qu'il ne fût qu'une apparition dans ma vie. Il recommençait à danser, à aimer, loin de moi qui n'avais été qu'un intercesseur de deuil, un passeur de chagrin auquel il s'était attaché, qu'il avait paré de certaines vertus, le temps d'un voyage nocturne. Ma mission était terminée : il ne voyait plus en moi qu'un homme un peu gauche, dans ses habits passe-muraille, submergé par le plaisir triste de l'avoir guidé le soir où, de l'angle du Viennois, il regardait les bleus du Paradis sans oser les rejoindre, puis exhorté à partir vers cette île de la Méditerranée où il avait retrouvé foi en sa jeunesse et où je l'avais perdu.

Tous ces éclats à mes pieds, dont on s'écartait, c'était mon verre brisé, que j'avais laissé tomber sans même m'en rendre compte. En venant ramasser les débris, le serveur me criait que je n'étais pas à la « bonne place », que, pour boire, je serais beaucoup mieux au comptoir — ou dehors, ajoutait-il avec ironie. Il était temps de partir, de retourner à la rue et à la nuit de Paris. Je répétais : « William a de l'asthme... Il partirait pour Charmes... » Cette phrase grêle que la musique du Paradis aurait rompue, même si je l'avais lancée à tue-tête, et que je préférais garder en moi-même pour qu'elle continuât à accompagner ma vie avec son juste balancement d'espérance et de mélancolie, son écho d'adieux à peine amers, sa lumière voilée de septembre calme, de soleil oublié et de tourment engourdi. En rendant à nouveau réguliers les battements de mon cœur, ce refrain ténu m'aidait à traverser la foule, à descendre les marches du Paradis, à passer — avec ce calme absent que donnaient la certitude de ne pas être aimé et l'extinction de la vanité de pouvoir l'être encore un jour — devant Le Cancan. Les lettres de l'enseigne clignotaient de plus en plus faiblement, pareilles aux ampoules de la couronne de L'Idéal, toujours au bord du court-circuit, au-dessus des femmes et des hommes de « mauvaise vie » ; ils semblaient, de très loin, m'encourager à la poursuivre, même si, à chaque séparation, comme aujourd'hui, j'avais la tentation d'y renoncer.

Je longeais, le cœur serré, les cafés qui fermaient l'un après l'autre sur le boulevard des Italiens. On achevait d'entasser les chaises des terrasses où, de soir en soir, l'été dernier, je l'écoutais égrener ses projets auxquels — sous peine qu'il se fâchât — j'acquiesçais, sans la moindre réserve, cherchant en moi ce qui me restait de jeunesse pour m'accorder à ses emballements parfois rageurs, et ne pas assombrir ses anticipations illuminées. J'avais l'impression, puisqu'il n'était plus à mes côtés, de traverser une ville neutre, qui perdait son âme dans la brume d'été finissant — comme, enfant, j'avais parcouru Saint-Arnaud, après que Michel Sage en fut parti sans nous prévenir. J'avais seulement deviné, derrière les hauts massifs de lauriers-roses, en passant, un soir, devant la villa, l'ombre des malles qu'on enlevait, celle des volets que l'on fermait à l'étage et la silhouette de madame Sage qui descendait les marches de la maison en distribuant, avec une condescendance lasse, quelques billets aux bonnes alignées. En me glissant à travers les haies, j'apercevais bientôt Michel qui, presque joyeux, courait autour du bassin, que l'on achevait de vider, avant de se précipiter vers la DS noire. Elle commençait à rouler très doucement, comme en secret, sur le gravier de la contre-allée, avant de prendre la route d'Alger, l'emmenant loin du cimetière où était enterré le fils Champetier, tué dans l'attentat du Colisée, et que j'avais tenté de remplacer dans son cœur. Je m'étais senti si seul, alors, n'ayant même pas envie d'annoncer à mes camarades ce départ clandestin que je considérais, avec ma rancune naïve de garçonnet, comme une trahison puisqu'il partait sans un mot, quelques mois avant l'indépendance, pour une métropole dont le nom cessait de m'enchanter.

Seul, comme je le serais, bien plus tard, au fond du bar du Liceo, à Barcelone, un soir de Noël, où les fumées du navire qui emportait vers les Baléares Luis, avec un garçon qu'il avait rencontré, la veille, sur la place de Catalogne, me paraissaient monter du port jusqu'à moi, recouvrir la clarté des lustres, les inscriptions gravées sur les vitres laiteuses, les chapeaux des courtisanes peintes sur les parois et, dans le halo lunaire des boulevards qu'elles arpentaient, les bouquets de violettes, qui, sous leurs manchons de fourrure, devenaient des fleurs noires d'adieu. Tout virait au gris — bien qu'il ne fût que quatre heures —, même les arbres des Ramblas, les toiles gonflées aux balcons de l'Opéra, les mosaïques des dalles où, dans le vent tiède, tournoyaient les aiguilles envolées des derniers sapins que l'on vendait à la sauvette, avec pour tout horizon de lumière, entre les ombres de passants qui les emportaient, les reflets de la porte d'une pâtisserie dont le tintement allègre de la clochette — chaque fois qu'elle s'ouvrait — traversait le silence comme les premiers accords pétillants d'un menuet de fête dont j'étais exilé.

Je rentrais chez moi : mais que signifiaient ces mots puisqu'il n'y viendrait plus, ne regarderait plus à la dérobée — c'était son premier geste en entrant — les feuillets sur la table avant de mettre un disque puis de me caresser le front et les tempes où ses doigts s'attardaient, retiraient toute la fatigue de la vie. Quand je m'apprêtais à écouter les messages du répondeur j'eus, pendant quelques secondes, le fol espoir qu'il m'annonçait qu'il quittait Le Paradis et venait me rejoindre. Mais non, c'était Auguste. Il me disait que, décidément, le séjour à Mers-les-Bains l'apaisait, et qu'il n'allait pas tarder à rentrer à Paris. Auguste envers lequel, il y avait à peine quelques semaines, j'avais dû, même inconsciemment, montrer la supériorité d'un juge de l'amour, indemne de ses souffrances, et qui, bientôt, jouerait à son tour le rôle de guérisseur qu'il m'avait d'abord donné. Et puis c'était — avec, en arrière-fond, le brouhaha du Monteverdi où elle dînait — la voix d'Hélène : elle aimerait me faire connaître, dans la semaine, celui qu'elle continuait à appeler « l'homme de Saint-Paul », par superstition, pour se défendre encore un peu contre ce nouvel amour qui l'emportait déjà : je le sentais au ton de fragilité excitée, à la fois anxieux et trépidant, qu'elle avait toujours à ces moments-là. Et après un silence, comme si elle n'avait pas osé parler immédiatement : « Maman... C'est maman... » — ces mots à la fois nets et suppliants qui résonnaient si fort dans la nuit et me déchiraient parce que je l'imaginais, après avoir regardé la dernière émission de télévision, les yeux rougis d'être restée devant le poste, depuis trois heures, cet après-midi, et, au lieu de s'endormir dans son fauteuil, la tête inclinée sur l'oreiller de dentelle, tendre toutes ses forces pour arriver à se lever, galvanisée par l'intuition de mes peines. Elle avançait à cloche-pied dans ses chaussons de lustrine rose, s'agrippait au rebord de la table de la salle à manger, puis au chambranle de la porte — en veillant à ne pas renverser le bouquet d'épis séché sur le guéridon —, faisait glisser le long du mur du couloir son corps si frêle qu'un souffle de vent d'Espagne aurait suffi à basculer, et devenu aussi léger que l'édredon d'été dans lequel elle s'enveloppait, avant, à Saint-Arnaud. Elle s'asseyait sur la chaise de paille brune, près du téléphone, face à la glace où, comme si je pouvais la voir, elle arrangeait les fronces de sa chemise de nuit, rectifiait le pli de ses cheveux blancs. Puis elle croisait les mains sur la poitrine comme pour se concentrer, répéter ce qu'elle allait me dire, essayant de rendre d'avance sa voix moins inquiète qu'elle ne l'était, d'en atténuer le timbre angoissé. Oui, sans doute réécoutait-elle en elle-même de longues phrases paisibles ou stimulantes qu'elle polissait, mais elle ne lançait finalement que ces mots : « Maman... C'est maman... » qui vibraient d'une sorte d'affection affolée, de compassion tendue. Dès qu'elle les avait prononcés, elle regrettait — en se renversant en arrière dans la chaise — qu'ils fussent si précipités. Elle les criait presque déjà — ayant peut-être peur que nous ne la reconnaissions pas, que nous l'ayons déjà oubliée — dans la masse des parents qui attendaient sur le trottoir de l'école et se retournaient vers elle, interloqués par cette femme solitaire et endimanchée qui appelait ainsi ses enfants, comme si elle les avait perdus. Elle les chuchotait lorsque, les nuits où elle ne dormait pas, à Saint-Arnaud, nous la voyions, de nos lits, apparaître, immense et pâle, dans le couloir, avant d'aller s'asseoir sur le balcon, les yeux écarquillés de fatigue et d'espérance, et, tournée vers la gare, sembler attendre quelqu'un qui descendrait de l'Inox de nuit pour venir s'occuper d'elle, de nous. Ce balcon où elle se croyait encore parfois quand, hallucinée de solitude, elle confondait, au loin, les halos des lampadaires de l'avenue de la Sardane avec ceux de la rue Ampère. J'aurais aimé la rejoindre, là-bas, aujourd'hui, non plus en pestant contre ses appels répétés (comme quand j'étais enfant et que je devais, en l'entendant, lâcher les mains des farandoles dans les allées des buvettes au bal de juin) mais sans rechigner, plus tôt que prévu, en lui demandant de me pardonner d'être resté si longtemps en bas, de m'être obstiné à y demeurer — même après que s'étaient éteintes les musiques et évanouis les derniers danseurs —, d'avoir couru si longtemps — toute la vie — à travers les bals et les fêtes, entraîné, sans jamais renoncer, dans cette quête de l'amour et de la beauté qui ne me laissait, ce soir, que le souvenir d'une silhouette passant sous les gradins de velours du Paradis, d'une casquette ballottant dans les ciels de fumées et l'écho d'une fin de phrase : « ... Il partirait pour Charmes... » qui s'amenuisait jusqu'à devenir une poussière de sons qu'elle s'étonnerait à peine de m'entendre reprendre tout près d'elle qui m'aimait assez pour ne pas me demander pourquoi je pleurais.

X

Peut-être était-ce dans l'espoir d'apercevoir William derrière la fenêtre éclairée de sa chambre, ou de le croiser — si jamais il descendait, à cette heure, vers Le Paradis —, que je remontais la rue Pigalle, que je m'étais pourtant condamnée à moi-même depuis plusieurs jours. Mais quand j'atteignis le square, j'eus le souffle coupé. Une camionnette, aux portes grandes ouvertes, était stationnée devant l'immeuble. James surgissait de l'ombre du porche, les bras chargés de cartons qu'il allait placer, sur la plate-forme, à côté de piles de livres. William déménageait : il s'en allait vers un autre quartier de Paris, là où je n'aurais plus de repère, d'immeuble autour duquel rôder en cachette, de lieu où recueillir au passage — un café, une laverie qu'il aurait fréquentés — un peu de sa vie. Je me retirais dans la partie la plus sombre du square, derrière le platane dont les feuilles déjà ocre tremblaient dans le vent de septembre qui me glaçait. Mon cœur se serrait au moindre reflet de la lumière orangée de la cage d'ascenseur qui descendait, à chaque grincement de la porte en fer forgé qui s'ouvrait sur les silhouettes de James, de Guillaume, ou de Séverine. Ils portaient des valises et des housses de vêtements et riaient quand ils se heurtaient sur le seuil. Puis apparut son nouveau compagnon. Malgré les lampes qui s'allumaient, au même instant, dans les bureaux de la compagnie d'assurances au rez-de-chaussée, je ne le distinguais pas davantage que sous les ciels d'éclipses syncopées du Paradis. Je devinais simplement, d'après la légèreté de son corps, qu'il était encore plus jeune que William. Il tenait les tréteaux du bureau démonté — où, parfois, j'avais travaillé pendant que, sur le lit tout à côté, il lisait ou prenait des notes pour le court métrage qu'il prévoyait de tourner avec Guillaume et dans lequel, me disait-il avec un rire énigmatique, il me « réservait » un rôle. Ce n'était pas tant la jalousie qui m'empoignait — depuis longtemps elle s'était évanouie en moi avec la volonté de punir l'autre de ce que son désir commençât de s'étioler — que la nostalgie de la vie à deux, des nuits tranquilles de Paris où dormir ensemble ne m'apparaissait plus que comme un miracle éteint.

William arrivait en portant le visage en terre cuite du soldat tué d'une lance en plein cœur à la bataille de Damiette : jamais — grâce aux lumières des baies — le bleu de son regard ne m'avait paru aussi bleu et pacifique, jamais son sourire n'avait eu autant cette expression de soulagement de n'avoir pas eu le temps de souffrir, de sacrifice presque heureux, de legs à peine mélancolique comme si, avant que sa main ne retombât dans la poussière, il avait remis son arme à son compagnon en lui demandant de ne pas s'attarder davantage auprès de lui et de courir participer à une victoire qu'il ne verrait pas. Il l'installait sur ses genoux après être monté à l'avant de la camionnette. Son compagnon lui ajustait sur les épaules le chandail bleu roi que je lui avais donné, quand il avait eu froid, un soir de novembre, à la terrasse du Viennois, comme s'il m'aidait inconsciemment à ce que William m'emportât un peu avec lui. Je m'abandonnais à cette consolation imaginaire pour ne pas entendre la camionnette qui démarrait et s'apprêtait déjà à tourner l'angle du square. Leurs visages gagnés par la même joie étonnée étaient si proches derrière le pare-brise que je finissais par les confondre. Même après leur départ, les phares de la camionnette où, le soir de la première de *L'Enfant de l'étoile,* nous nous étions entassés avec la troupe du spectacle pour aller dîner au Chalet Maya me paraissaient continuer à flotter dans l'ombre de la rue Pigalle. Et puis il n'y eut plus que le silence, presque un calme de campagne.

La vie n'avait été au fond qu'une circulation d'adieux qui s'étaient opérés en dehors de moi ; je les avais laissés s'accomplir sans aucune protestation pour tenter de retenir l'autre tant j'étais prisonnier de cet honneur imaginaire et inculqué de la retraite et du renoncement à toute conquête. Ils avaient toujours été de simples effacements des voix et des corps dans la nuit — comme mon père avait disparu, un soir de la fin août, à Saint-Arnaud. Sous quel prétexte avait-il été banni de la maison ? La nuit précédente, il s'était tenu, selon son habitude depuis que ma mère ne l'admettait plus dans son lit, appuyé au chambranle de la porte de la chambre, qu'elle laissait ouverte à cause de la chaleur. Dans son pantalon de pyjama et torse nu, il la regardait dormir, renversée sur le flanc gauche, le corps traversé par les reflets des lampadaires de la rue Ampère. Quelle impulsion, quel désir inassouvi, exacerbé par l'incandescence de la nuit, cette dernière flambée d'août, l'avait-il emporté ? Il s'était approché du lit, avait posé la joue sur la région du drap qu'elle avait froissée au début de son sommeil, là où la forme de sa jambe se lisait encore. Il restait là, respirant le drap, mais contenant son souffle pour ne pas la réveiller. Il osait pour la première fois avancer la main, la promenait dans le lit, touchait presque la vague de la chemise de nuit soulevée par le vent de sable qui s'infiltrait sous les volets. Brusquement, elle s'était retournée, avait poussé un hurlement qu'on avait dû entendre de tout le village, et même de la cité des Cheminots. Elle se redressait et, survoltée de haine malheureuse, lui labourait la nuque de claques dures puis — au moment où il relevait le visage — zébrait de coups d'ongle son front, sa bouche, qui la suppliait d'arrêter jusqu'à ce que, épuisée, elle retombât en arrière. Il refluait à genoux vers le couloir où je prenais sa tête contre ma taille, en lui disant, pour le consoler : « Mon petit papa... Je suis là... », tandis que nous l'entendions claquer la porte derrière elle. Encore hébété, il levait vers moi ses yeux brûlant d'une rage blessée qui m'épouvantait mais ne tardait pas à s'éteindre, car ils s'emplissaient de larmes de bonté usée, de remords d'avoir outrepassé ses droits, de peur que son geste ne fût irréparable, et d'amour malgré tout.

Le lendemain, découragé, honteux de son visage blême et parcouru d'écorchures qu'il ne se souciait pas de soigner, il demeurait au bord du lit, et, voûté et muet, paraissait attendre un verdict. Elle rôdait dans l'appartement, et toutes fenêtres ouvertes comme si elle voulait avertir l'immeuble entier, se dédouaner par avance de ce qu'elle allait faire, criait qu'elle n'en pouvait plus : il la poussait à ses dernières extrémités, était en train de la tuer à petit feu à force de la réveiller en pleine nuit, n'était qu'un malade sexuel, doublé d'une « chiffe molle », incapable de lui offrir le moindre « bol d'air ». Puis, assurée de n'encourir plus tard aucune accusation de la part du voisinage, elle s'était arrêtée de s'époumoner, se dirigeant vers l'armoire pour en sortir la valise qu'il n'avait pas utilisée depuis le service militaire. Après avoir décroché rageusement les chemises sur la terrasse, elle s'était mise à les repasser dans la pénombre de la salle à manger, s'appliquant plus que de coutume pour lui prouver qu'elle accomplissait son devoir jusqu'au bout. De la cuisine où j'avais ouvert, sur la table, mon cahier de devoirs de vacances pour m'hypnotiser sur les mots, mais sans parvenir à dominer l'angoisse du silence compté et la souffrance de son humiliation que je ressentais, comme si j'étais lui, je le regardais assis, là-bas, dans le couloir, sur un tabouret. Il croisait et recroisait ses pauvres mains d'employé de la minoterie — de « sous-maître », comme elle disait —, abîmées par les nœuds des sacs de semoule que, malgré sa petite taille, il aidait à tirer vers la pesée des grandes balances. Il pâlissait quand à la fin de chaque chemise elle reposait le fer avec un grincement sec. Il bougeait les lèvres, parfois, comme s'il s'apprêtait à implorer d'elle un délai de grâce, à formuler une demande de pardon, à lui promettre de faire des heures supplémentaires, en travaillant la nuit à la minoterie pour qu'elle allât, avant l'automne, passer quelques jours au bord de la mer. Mais il était trop tard, elle empilait les chemises dans la valise, y ajoutait des mouchoirs, un chandail, et la refermait. Elle la lui tendait, sans le regarder, en lui indiquant seulement qu'il était temps d'attraper le car de sept heures. Il la prit, fit quelques pas pour venir me caresser les cheveux, me chuchoter — tandis que je tremblais d'une colère impuissante — que je devais me taire car je ne pourrais qu' « aggraver les choses ». J'entendis ses pas, très lourds, dans l'escalier puis il y eut un long silence après la dernière marche, comme si, immobile dans le hall, il recueillait les bruits qui filtraient sous les portes des étages pour en emporter le souvenir avec lui — à moins qu'il n'attendît, pour ne pas risquer de les rencontrer, le passage des derniers ouvriers de la minoterie dont les verrières achevaient de s'éteindre. J'allais sur le balcon mais je n'arrivais pas à distinguer sa silhouette dans l'ombre déserte de la rue Ampère. J'entendis, au bout d'un certain temps, de petits coups : c'était lui qui, tant il devait pleurer, égaré de tristesse, heurtait avec sa valise les troncs des palmiers, ces chocs hagards qui me déchiraient tandis que résonnaient au loin la musique de L'Idéal et les voix des familles heureuses qui, de retour de métropole, dînaient dans la paix des vérandas. Je me hissais sur la rampe du balcon, essayais de me rendre le plus grand possible afin qu'il m'aperçût, peut-être, comprît que je l'aimais, même si je n'avais pas crié et n'avais pas lutté pour l'empêcher de partir. Je le revis — qui attendait au bord de la route, assis sous l'auvent de toile, la valise entre les jambes. Mais l'autobus, bondé d'indigènes qui revenaient des champs, arrivait déjà avec son ferraillement ensablé, les hoquets exténués de son moteur qui semblait toujours sur le point de capoter. Les phares s'éloignaient sous la colline de figuiers, bientôt noyés par les tourbillons de poussière qui s'élevaient vers le ciel et recouvraient les remparts du Village Nègre. Je suivais son trajet en pensée, l'accompagnais jusqu'à Bordj Bou Arreridj où, dans la chambre de l'hôtel qu'il prendrait en face de la gare routière, son premier geste serait d'ouvrir la valise et de caresser le col des chemises, pour retrouver, en les plaquant à ses lèvres, l'odeur de la pattemouille avec laquelle elle les avait repassées.

La fenêtre, qu'il n'avait pas pris le temps de refermer, battait, là-haut, au sixième étage. Les lampes du bureau de la compagnie d'assurances s'éteignaient au rez-de-chaussée. Cette bicyclette qui glissait à mes côtés, cette main qui venait se poser sur mon épaule, c'était James. Avec son éternel regard de bonté étonnée derrière ses lunettes, il me disait qu'il m'avait aperçu, tout à l'heure, dans l'ombre du platane, mais n'avait pas voulu prévenir les autres de ma présence. Il devinait ce que représentait pour moi le départ, presque la fuite, de William. Mais il ajoutait, pour l'adoucir : « Tu sais, quand nous répétions la *Ménagerie,* cet été, il nous demandait de tenir compte des remarques que tu avais faites sur telle ou telle réplique... Il nous montrait ce que tu avais écrit dans les marges... nous rappelait comment tu concevais le rôle de Tom... et si on n'abondait pas dans son sens, il se mettait en colère... » « Tu vois (disait-il en tenant son guidon d'une main et en me prenant le bras de l'autre pour m'éloigner du square), il t'écoutait de loin... — De très loin... » murmurais-je. Croyant me rattacher à leur monde, il disait : « Tu viendras nous voir, Nicky et moi, à Montréal... Au printemps, si tu veux... Une fois que la tempête des corneilles sera passée... On t'emmènera à Vancouver... Toi qui, depuis toujours, rêves de voir le Pacifique... » Avant de tourner avec sa bicyclette, il me lançait : « Il habite rue Muller, près du Sacré-Cœur... », comme pour me tracer un passage à travers Paris et refermer derrière moi le square La Bruyère avec sa chambre et le carré de tissu rouge qui, à moitié détaché, ballottait dans le vent.

Depuis l'autre trottoir, quelqu'un me hélait puis venait à ma rencontre. C'était le propriétaire de Berry-Zèbre qui descendait à pied de Belleville. Mais il ne marchait plus la tête baissée et les mains rentrées dans les poches de son blouson sans couleur dont il remontait d'ordinaire la fermeture Éclair, même par les grandes chaleurs. Il le tenait ouvert sur une chemise blanche et un gilet jaune clair qu'il étrennait. Ses lèvres avaient perdu leur contraction grise, il avait glissé un soupçon de parfum dans ses cheveux. Il était même un peu hâlé comme s'il avait pris le temps de s'exposer au soleil sur les pelouses des Buttes-Chaumont. C'était lui qui, pour la première fois, parlait d'abord : « Vous savez, le garçon qui, cet été, s'est approché de moi au Cancan, il est venu me rendre visite, comme promis, au Berry... Il a tout retrouvé... Tout ce qu'il aimait... » Il levait la main vers le ciel, mimait le geste d'y suspendre des lumières : « Il va réinstaller le néon frontal avec ses camarades... » puis me serrant le poignet, étourdi par sa propre volubilité : « Quand ils auront fini, on fêtera ça, tous ensemble, à L'Étoile de Tunis... Vous viendrez, n'est-ce pas ?... » J'étais presque soulagé de marcher à ses côtés, de ne plus être contraint, en m'accordant à son rythme, de courir après les pas d'une jeunesse qui m'avait déserté.

Au Cancan, il n'allait plus vers la table la plus éloignée de la scène, n'avait plus envie de se fondre dans le vieux rose de la paroi du fond, se risquait même à pianoter, au passage, sur les dieux endormis du tableau de *L'Olympe.* Il se dirigeait vers le comptoir et souriait de sa propre maladresse, de sa manière de s'y reprendre à plusieurs fois pour se hisser sur le tabouret. Il commandait un whisky à Madeleine, sans attendre qu'elle le lui imposât. Il me semblait que la nuit, au Cancan, me protégeait : il suffisait d'une main chargée de bijoux qui se reflétait dans les miroirs, du miroitement du champagne qui débordait sur une nappe, des flocons d'étoupe qui avaient voltigé en dehors de la scène à la fin du tableau de la « Tendresse des loups » et restaient accrochés au bord des lampes ou sur les trois marches de laque rouge menant aux alcôves. Je pouvais penser — sans trop souffrir — à William qui dormait peut-être déjà dans l'appartement de la rue Muller, la fenêtre ouverte sur les lumières de la basilique du Sacré-Cœur. Elles descendaient sur son visage et ses doigts serrés sur la licorne de la *Ménagerie* qui, tel un talisman de cristal, continuait à le protéger.

Une jambe nue de Cocaïne surgissait entre les pans du rideau. Avant même que les vagues de velours ne s'écartent sur son visage maquillé de rose chair, le propriétaire du Berry l'applaudissait. Il verrait enfin le spectacle au lieu de le deviner depuis l'ombre des Vénus de plâtre. Elle annonçait, presque timidement, qu'elle allait roder, ce soir, un nouveau spectacle qu'elle espérait créer au gala de septembre. Rassurée de ne pas apercevoir les silhouettes de Vangelis et de

Lady Lys qui auraient été les plus prompts à repérer ses erreurs, à distiller ensuite des compliments affectés et vénéneux, elle profitait de ce qu'il n'y eût, dans la salle, que des « amis » — ce mot qui flattait tout le monde. Elle réclamait, en minaudant un peu, l'indulgence générale : ce n'était qu'un essai, une répétition. Elle comptait sur nos réactions pour s'améliorer. Elle commençait, comme d'habitude, par s'éloigner vers le fond de la scène. Mais, ce soir, au lieu de descendre les bretelles de sa robe, de la faire glisser avant d'apparaître nue et de lancer l'étoile de strass vers un homme qui, dans la salle, en humait le parfum de fard humide et de chair dilatée, elle demeurait impassible sous la lumière des spots qui s'embrumait. Tout — même les appliques-flambeaux — s'éteignait dans le Cancan. On ne distinguait dans la nuit de la scène que les contours d'une statue de soie, les reflets d'un bandeau doré et l'inclinaison pâle de sa nuque. Puis, au-dessus de la découpe d'une porte métallisée, s'éclairaient, une à une, les ampoules des lettres formant le nom du Paradis — d'un bleu plus électrique encore que celui du dancing. Il y eut, dans la salle, un murmure général d'ébahissement : on n'avait jamais vu un tel luxe de décor, ici.

Cocaïne frappait d'abord doucement, avec une sorte de politesse coupable, sur la porte puis elle la martelait du plat de la main, suppliait d'entrer, mimait les contorsions d'une pécheresse nomade en mal de rédemption et possédée par une soif de pardon. Elle finissait par s'agenouiller telle une Marie-Madeleine en talons aiguilles, qui jurait de s'amender, d'expier tous ses péchés, ses colères contre Le Paradis où elle rêvait d'apparaître sous les gradins peuplés d'anges. Mais, brusquement, la porte s'ouvrait, libérant un ouragan de décibels qui faisait trembler les murs du cabaret. Elle reculait, épouvantée, la main tendue en avant, comme si elle devait repousser le souffle des Enfers, éviter qu'il ne l'aspirât. Elle se cabrait en arrière pour ne pas être engloutie par les tourbillons de musique et, ne sachant à quel saint se vouer, fuyait de tous côtés, se cognait, dans la débâcle de son calvaire aveugle, aux angles de la scène, demandait grâce, implorait un secours de la salle.

Mais au moment où elle allait s'écrouler vaincue, sur les genoux — dans une chute ondoyante et contrôlée qui rappelait la Cocaïne des grands jours —, arrivait Olivier, aux bondissements gradués et félins de sauveur d'opérette : il appuyait de toutes ses forces sur la porte du faux Paradis, parvenait enfin à la refermer. La musique refluait, s'enrayait, n'était bientôt plus qu'une sorte de menuet grinçant et désaccordé. Il venait relever Cocaïne, la prenait par la taille, la ramenait vers le bord de la scène en la tranquillisant : le Paradis, il était là, devant elle. Alors que, là-bas, les lettres du faux dancing s'effaçaient d'un coup et que, dans la voûte bleu nuit, se remettaient à clignoter les étoiles de stuc, il la promenait dans une douceur de septembre romain avant de lui lâcher la taille et de s'évanouir dans le sillage rose et noir de son fuseau. Épanouie, apaisée d'avoir pris sa revanche sur le soir de neige où on ne lui avait pas accordé droit de cité au Paradis, elle laissait les vagues du rideau glisser vers elle, le visage déjà à demi tourné vers les coulisses et éloignant les applaudissements avec une simple torsion du poignet — ce geste, impérial et coquet, qu'elle avait eu dès le soir de son premier succès au Rubis.

Je rejoignais Luc sur le seuil. Il n'avait plus — grâce, peut-être, à son absence de Paris pendant plusieurs semaines — son exaltation angoissée du début de l'été, avait retrouvé la quiétude triste, cette sorte d'interrogation bienveillante envers le monde qui, chez lui, était toujours le prélude à la création. A peine s'étonnait-il — comme s'il avait deviné mon incursion au Paradis — que je ne lui demande pas une énième intervention en faveur de William qu'il appelait, en cette saison, mes « manœuvres d'automne ». Avec un tact qui était, chez lui, plus qu'une morale : une respiration, il me disait qu'il serait là, chaque soir, à mes côtés, cet hiver, et qu'il m'emmènerait aux premières des pièces que je choisirais : il me le promettait.

Il regardait Arlette Nabi qui, se donnant le leurre d'un luxe qu'elle avait jadis connu à Beyrouth, arrivait dans une nouvelle robe en crêpe de soie noire, aux manches de dentelle gris perle. Elle disait qu'elle « passait » au Cancan, essayait de deviner, depuis le seuil, si son amie Claude Safar y était attablée, s'offrait ainsi un alibi pour ne pas avoir l'air d'épier Raymond et de le suivre dans le circuit de ses nuits blanches.

Elle s'approchait de Luc qui, d'un mouvement de tête, lui indiquait que Raymond était assis, là-bas, à la terrasse du Viennois. Sans doute l'y aurait-il déjà rejoint, s'il n'était retenu par l'appréhension qu'il s'écriât, une fois de plus, à la cantonade : « Voilà mon ex-ami. » Le visage d'Arlette se refermait, elle prenait un air soucieux, demandait à Luc au nom de la vieille « amitié » (s'étonnant que, dans ce milieu, « tout se terminât si vite », elle n'osait pas dire : l'amour) de veiller, même à distance, sur Raymond : sa vitalité s'épuisait, il avait de brusques pâleurs, semblait au bord de la syncope lorsqu'elle le croisait dans la matinée en descendant de sa chambre du sixième étage où elle s'était elle-même exilée pour ne pas le gêner. Il ne peignait presque plus, lui disait-elle, laissait inachevés ses tableaux commencés au printemps, avait interrompu sa série des fables orientales. Il ne s'installait devant son chevalet que deux à trois heures par jour, promenait sans conviction le fusain sur la toile blanche. Il avait, parfois, des sursauts d'exaltation mais ces impulsions, qu'il confondait avec des poussées d'inspiration, étaient seulement les résidus d'un désir que n'avaient pas assouvi les étreintes épuisées, inconscientes, en fin de nuit — quand la volupté luttait pour ne pas se dissoudre dans les vagues de sommeil —, des restes de vertiges d'enlacements que n'avait couronnés aucune jouissance. Pourtant le carnaval des corps qu'il ne convoitait plus que par une sorte de réflexe de la nuit commençait à s'évanouir. Il ne proclamait plus : « Je suis en train de vivre ma plus belle décennie !... » ou : « Je n'ai jamais autant joui qu'à soixante ans... » mais : « Je voudrais rencontrer un ami avec qui finir ma vie... » — ce compagnon qui l'aiderait, en le délivrant de la tyrannie de l'exploit sensuel et journalier qu'il se devait d'accomplir, à retrouver la tranquillité de l'époque de silence et d'ascèse où il peignait sans relâche et dont il avait, désormais, la nostalgie. A la terrasse du Viennois, Raymond se levait pour accueillir le garçon avec lequel il avait rendez-vous. Luc essayait de distinguer son visage dans le balancement de l'ombre et des lumières de l'auvent. « Je crois que je le connais... » finissait-il par dire avec un découragement envieux puis il ajoutait — en regardant

Raymond ajuster le pull-over sur les épaules du garçon qui s'asseyait à ses côtés — : « C'est quelqu'un de bien... Il va le rendre heureux... » Sa voix s'embrumait d'une sorte de résignation, de soulagement que ne s'aggravât pas la chute de Raymond, en même temps que s'éteignait le vain espoir qu'il reviendrait un jour vers lui. Arlette lui prenait la main : c'était la première fois. Ils restaient là, tous les deux, sous l'arc des lampes désaccordées du Cancan, oubliant qu'ils avaient été, un temps, rivaux et s'abandonnant à cette solidarité — de regret, d'impuissance et d'amour — avant qu'elle ne l'invitât à entrer avec elle dans le cabaret et à s'installer à la même table puisque, l'un et l'autre, ils étaient seuls.

XI

William était entré très vite, sans m'embrasser, ni presque me regarder, comme pour ne rien perdre de sa détermination. Peut-être était-il simplement un peu étourdi par les musiques du Paradis, d'où il revenait. Il allait tout de suite s'asseoir dans le fauteuil noir, près de la baie vitrée, sous le ciel où la nuit s'estompait. Puis, d'une voix dominée, tempérée, toujours trop basse pourtant — comme s'il avait répété cette scène d'adieu qu'il me concédait, entraîné par un dernier remords et l'urgence de s'en libérer —, il me disait qu'il n'avait plus de désir pour moi, et préférait me l'avouer plutôt que de mimer un plaisir que, depuis longtemps, il n'éprouvait plus. Il ajoutait qu'il avait accompli un « travail sur lui-même », cet été, loin de moi, et de Paris. Il avait « fait le point », sur l'île de Carloforte et enfin réussi à se délivrer de tout un passé — auquel il m'assimilait. Il se rendait compte qu'il avait toujours vécu sous la tutelle de quelqu'un et confondu l'amour avec le besoin qu'on le soutînt. Il avait décidé de prendre enfin des risques, aussi bien au théâtre que dans la vie. Il savait qu'il me sacrifiait en chemin, mais il ne pouvait pas agir autrement pour commencer à vivre « vraiment ». Il ne se détournait de ce monologue impassible — et c'était son absence d'hésitation, sa tonalité neutre, sa diction étudiée qui me faisait le plus mal — que pour me demander : « Tu m'écoutes ?... » A peine. Avec l'attention d'un peintre auquel son modèle accordait d'ultimes instants de pose, j'étais trop occupé à le contempler, à tenter d'imprimer dans ma mémoire sa moindre expression, la couleur de ses lèvres, le galbe doré et aminci de ses joues, ses cils si épais qu'ils rendaient presque intraitable la candeur de son regard, le calme de ses mains posées à plat sur les genoux, la peau tannée de ses chevilles et de ses pieds nus dans les sandalettes tressées. Je voulais tout saisir de lui que je n'apercevrais désormais que de la fenêtre d'un autobus, au hasard de la sortie d'un théâtre ou d'une fête au Cirque d'Hiver. Je ne l'entendais presque plus comme si mes sens se scindaient ; et s'il haussait la voix, maintenant, c'était peut-être parce qu'il s'impatientait de mon silence et de mon indulgence résignée, qui était moins le reflet d'une bonté d'âme qu'un exorcisme muet pour retarder le moment d'être détruit.

« Je n'ai pas cessé de mentir jusqu'ici... j'en ai

assez, maintenant... » disait-il. J'aurais voulu qu'il s'arrêtât de parler, empêcher que le soupçon vînt corrompre les derniers beaux souvenirs : lui qui, à la veille de son départ pour l'île de Carloforte, couché sur les pelouses des jardins du Sacré-Cœur, m'aidait à deviner, dans la brume de la nuit de juin, le halo du boulevard des Capucines, et plus tard, dans la soirée, déplaçait sa chaise à la terrasse de L'Eldorado pour — affirmait-il — mieux me regarder. Peut-être avait-il perçu mon souffle d'appréhension, il ajoutait, dans un correctif apitoyé : « C'est à toi que j'ai menti le moins... » Mais peut-être n'était-ce qu'un élan de compassion hâtive, l'assurance qu'il se donnait à lui-même de partir indemne de tout reproche.

Tandis qu'il répétait : « Je ne veux pas te faire de mal... », sa voix s'embrumait, ses mains se détachaient peu à peu de ses genoux et allaient saisir les accoudoirs du fauteuil. Il venait, en détournant la tête, de se laisser surprendre par la couleur des roses de Vancouver que Denys avait peintes avec une gaucherie exaltée dans une période de rémission. Il fixait le tableau qu'il m'avait demandé de garder pour ne plus être envoûté par lui dans sa chambre du square La Bruyère. Il aurait voulu que l'ombre continuât à le recouvrir, mais les premières lueurs de l'aube venaient traverser les cœurs noirs des fleurs. Dans une volte-face que commandaient le retour de la peine ancienne et le besoin d'une consolation de passage, il me demandait soudain : « Je peux venir dans tes bras ?... » Je le prenais en retenant mon souffle, sans esquisser d'autre geste, paralysé par la stupeur qu'il fût à nouveau contre moi, et le désir anxieux de prolonger le délai de grâce que la vie m'accordait, alors que six heures sonnaient au clocher de l'église Saint-Eustache. Ces longs frissons, presque tranquilles, qui le parcouraient, et que j'essayais de contenir en appuyant un peu plus mes bras croisés sur son dos, c'étaient peut-être des larmes intérieures. « Laisse-moi pleurer... Cela me fait du bien... Tout s'en va... » me disait-il, comme avant. Puis il y eut une pulsation de désir : venait-elle de lui, ou plutôt de moi ? J'y résistais de toutes mes forces, sachant que ces étreintes de dernière heure, ces accès de volupté panique, sans âme, ne survenaient que pour résoudre la tension des nerfs et tenter de recouvrir, à toute allure, la peur de la fin.

Mais la tentation refluait déjà, et, soulagés de ne pas connaître une amertume supplémentaire, nous nous éloignions l'un de l'autre, avec une telle harmonie dans la séparation de nos têtes et de nos torses — comme si c'était, plus que nous-mêmes, la fatalité de l'amour fini qui nous détachait ainsi, et que nous obéissions à une loi de gravitation indépendante de nous : celle qui amenait les dernières étoiles à s'éteindre, la pluie à se retirer dans les profondeurs du ciel et les premières odeurs d'automne à monter des jardins de Paris. Je lui demandais d'aller prendre ce qui lui appartenait encore ici. Tandis que je restais tourné vers la baie vitrée — le gris du ciel s'estompait et virait à un rose frais : promesse d'un beau jour de voyage, pensais-je —, je l'entendais ouvrir l'armoire, en tirer son sac bleu marine. Il y avait une telle pesanteur irréelle dans la pièce, cette impatience engourdie régnant dans la chambre d'hôtel d'une cité étrangère qu'on s'apprêterait à quitter au petit matin, pris entre le désir de s'élancer vers une autre escale et les sortilèges d'une ville dont on regrettait de n'avoir pas épuisé tous les secrets. Je l'écoutais, le cœur serré, refermer la porte de l'armoire, faire cliqueter les cassettes qu'il entassait dans son sac avant que la fermeture n'en coulissât sèchement. Puis rien que son souffle : il n'osait pas me prévenir qu'il avait déjà terminé. Il me l'annonçait par sa toux frêle, à demi simulée, qui me donnait, une dernière fois, l'envie de me retourner, de lui dire : « William a de l'asthme... Il partirait pour Charmes... » Mais c'était une phrase devenue caduque — tel un mot de passe dont le mystère s'éventait après un armistice. Puis il levait ses doigts vers ma nuque, reprenait le geste que j'avais fait vers lui, le soir de notre rencontre, à l'angle de la terrasse du Viennois, où Cocaïne nous avait lancé, en passant : « C'est un coup de foudre, ma parole !... » Il voulait enclore cet épisode de sa vie, désireux que chaque aventure se refermât sur elle-même, comme les pièces à un acte qu'il préférait.

« Tu viendras à la première de *La Ménagerie de verre ?...* » me demandait-il, mais j'étais incapable de lui répondre, tant les larmes se glaçaient dans ma gorge. Je me contentais de balancer la tête, en me laissant éblouir par le miroitement du soleil sur les toits mouillés pour oublier le mouvement de ses pas qui s'éloignaient dans le hall, d'abord, puis, après que la porte se fut refermée, dans le couloir de l'étage. Il en accentuait la lenteur afin de ne pas me donner l'impression de fuir. J'écoutais le soubresaut de l'ascenseur qui arrivait, l'écho de son glissement d'étage en étage, et, après quelques secondes de silence, ses pas, à nouveau, dans la cour, la grille qui se refermait derrière lui. Il me semblait que la vie se retirait autour de moi et qu'il me laissait dans la seule compagnie des morts dont les objets hérités m'encerclaient à nouveau, avec le petit cheval de Daniel, qui gardait l'odeur d'éther et des vitres froides de son dernier pavillon et, là-bas, dans l'ombre de l'armoire restée entrouverte, isolé sur son cintre, le gilet de Juliette.

C'était l'heure où elle s'était éteinte dans la chambre de la clinique Comiti, en me donnant sa main si faible, comme privée de tous ses nerfs. Les doigts, aux articulations dissoutes, semblaient perdre leur substance de chair et fondre à mesure que je les caressais. Dans la soirée, elle avait tourné très légèrement la tête vers la fenêtre en entendant, au loin, le crépitement du feu d'artifice qu'on tirait au-dessus de la baie d'Ajaccio pour la fête de la ville. Elle avait essayé de suivre, dans le ciel encore chaud de septembre, l'ascension des mâts des palmiers géants avant que les gerbes d'écorce d'or ne retombent dans la mer, parce qu'elle savait que les enfants de La Vaccareccia — comme ils le lui avaient promis en quittant la clinique à sept heures — le regardaient depuis la plage de la Citadelle. Pour être plus près d'elle, ils n'avaient pas voulu remonter vers la maison d'Ucciani et le chemin au bord duquel ils se tenaient assis, depuis des semaines, leurs bâtons abandonnés entre les jambes, et se laissant recouvrir par la poussière de cendres des maquis qui brûlaient au loin, tels de petits pèlerins tristes qui n'avaient même plus envie de prier. Après qu'elle eut sombré dans l'inconscience une partie de la nuit, son regard avait été traversé par une lueur de plaisir étonné puis de honte affolée lorsque je lui avais annoncé que Pierre Santarelli allait lui rendre visite. D'une voix si ténue qu'aucun mot ne parvenait à son terme, elle me suppliait de retirer tout ce qui, autour d'elle, pouvait rappeler la déchéance de son corps, la corruption de ses organes : les linges maculés de sang, les mouchoirs trempés de sueur, et, bien qu'elle sût que c'était impossible, l'énorme sparadrap, collé sur le nez, que j'appelais, pour tenter de la faire sourire, sa « trompe d'éléphant ». Elle me demandait de donner un semblant de forme à ses mèches grises de fièvre ; d'aller chercher un bâton de rouge pour rendre un tracé, même simulé, à ses lèvres disparues ; de remonter le drap sur ses seins que ni l'âge ni le mal ni le renoncement à la volupté n'étaient parvenus à abîmer. Malgré l'interdiction des infirmières, je l'aidais à se redresser, et glissais entre l'oreiller et ses épaules bloquées par la douleur le gilet dont le bleu ferait une tache de couleur dans toute cette blancheur malade. Il y avait en elle tant de plaisir et de tristesse mêlés — qu'arrivât, au moment où elle allait mourir, cette scène de retrouvailles dont, depuis trente ans, elle avait prémédité chaque détail. Seuls le lieu et la saison où elle le reverrait variaient dans son esprit : serait-ce au printemps à la terrasse du Wagram ? Un après-midi d'hiver sous les lampadaires de la place du Diamant ? Ou un soir d'été dans les escaliers du Pavillon Bleu ? Elle la répétait parfois, la nuit, dans sa chambre de La Vaccareccia où je l'avais surprise — maquillée, les ongles peints, les trois rangs de son collier d'améthystes brillant sur le corsage de sa robe en soie vert amande. Elle prenait à la main sa bourse du soir tissée d'or et, à la seule lueur des lampes à pétrole, dans une pénombre bleutée de promenade balnéaire, elle avançait avec une nonchalance feinte et se donnait l'illusion de flâner à travers Ajaccio en frôlant les silhouettes qui descendaient vers la place des palmiers. Elle se dirigeait vers la glace, balançait légèrement la main gauche, comme si, au moment de la rejoindre, il allait la lui prendre, l'inviter à faire quelques pas à ses côtés, avant de lui proposer de dîner dans un restaurant des Sanguinaires. Mais, chaque fois qu'elle atteignait la glace et qu'elle murmurait ces mots : « C'est vous, Pierre ?... », elle se détournait aussitôt et revenait sur ses pas, découragée de n'avoir pas trouvé le ton exact — de surprise dominée, de tendresse désinvolte, de moquerie du temps écoulé — sur lequel elle comptait les prononcer. De plus en plus tendue et chavirée sur ses hauts talons, telle une comédienne dont le doute sur elle-même s'aggravait à chaque reprise, elle recommençait le trajet du mur crépi au miroir, jusqu'à ce que, épuisée par les multiples versions de cette scène qui lui échappait, elle s'assît au bord du lit, la bourse posée sur les genoux et la tête baissée sur la certitude qu'il était trop tard, qu'il ne reconnaîtrait plus rien, en elle, de la Juliette qu'il avait peut-être un jour aimée.

Il était apparu dans son costume blanc, mais essayait de se fondre dans l'obscurité de la chambre de la clinique, d'atténuer, aidé par l'ombre de peine qui l'accompagnait, l'éclat de son assurance, le hâle permanent de son visage qui se contractait dans une appréhension amère pour lui prouver qu'il avait changé, lui aussi. Parce qu'il avait compris ce que cela représentait, pour Juliette, de vieille tendresse, il allait tout de suite remonter le gilet, feindre, plutôt, de l'ajuster sur ses épaules, car la fièvre l'avait déjà collé à son dos et on ne pouvait lui imprimer le moindre mouvement. A quarante ans de distance, il reprenait le geste qu'il avait fait lorsque l'air avait fraîchi, le soir du bal du 2 septembre, à Ucciani, où il s'était approché d'elle pour la première fois. Puis, bouleversé par son souffle rauque qui semblait devoir s'enrayer à chaque seconde, par cette tension épuisée qu'il sentait en elle — de s'excuser qu'il la retrouvât dans cet état indécent de condamnée qui n'arrivait même pas à sourire et à lui offrir le moindre trait de son visage qui n'eût pas été déformé par la maladie —, il s'asseyait tout près d'elle, s'inclinait, et caressait avec le front son avant-bras. Mais la peau, criblée de traces de piqûres, était devenue imperméable à la moindre sensation et elle ne pouvait même pas ressentir cette caresse qu'elle attendait depuis si longtemps. Il lui disait qu'il regrettait de ne pas lui avoir adressé le moindre signe pendant toutes ces années, bien qu'il eût appris son dévouement pour les classes d'enfants inadaptés à travers la

Corse, sans autre récompense que quelques « merci » qu'elle glanait peut-être au hasard des préaux. Puis, en la regardant avec une intensité suppliante pour qu'elle ne mît pas en doute ce qu'il lui confiait, il racontait que, lorsqu'il traversait l'île et passait au large de La Vaccareccia, il arrêtait sa voiture au bord de la Gravone, s'approchait de la barrière et avait la tentation de monter vers la maison. Juliette l'entendait à peine mais elle avait son regard ébloui et sceptique, comme si elle se retenait au bord de l'illusion et ne s'y abandonnait finalement que pour montrer à Pierre qu'elle le croyait et pour le délivrer de ses remords. Après son départ, ses lèvres s'étaient mises à trembler — peut-être des mots d'amour qu'elle avait remodelés dans son esprit et qu'elle ne pouvait prononcer. En voulant que je me penche vers elle, elle semblait me demander de les garder pour que j'en fusse le dépositaire, avant d'incliner la tête sur la part du gilet bleu dont elle se protégeait une dernière fois.

XII

Auguste n'avait plus peur du jour : je m'en aperçus dès qu'il descendit du train à Saint-Lazare. Il avançait sur le quai sans tenir les yeux baissés comme à l'époque où il semblait rechercher sur le sol, pour se rassurer, l'ombre du soir. Après avoir traversé la salle des pas perdus, il ne se dirigeait pas, comme je l'aurais cru, vers le métro. Au contraire, il me proposait de rentrer à pied jusqu'à la rue des Petits-Champs. Ses paupières ne se contractaient plus au moindre écueil de lumière un peu trop vive qui perçait la brume. Ses cordes vocales n'étaient plus fripées par une série de pulsations irrégulières et anxieuses ; juste quelques spasmes fluides, à peine visibles — échos assourdis des terreurs passées —, parcouraient la peau de sa gorge, chaque fois que la brume manquait s'ouvrir sur un ciel trop bleu. Il regardait les autobus, les cafés, et les vitrines d'automne avec le soulagement médusé d'un interdit de séjour qui, revenant enfin dans sa ville natale, oserait à peine prendre conscience qu'il n'y serait plus jamais traqué. Il y avait en lui, qui parlait très peu — et uniquement de Simone, restée pour quelques jours encore à Mers-les-Bains —, un calme concerté, presque intransigeant : il ne voulait pas troubler par quelque allusion que ce fût la sérénité qu'il avait acquise, pas à pas, grâce à sa discipline d'oubli, sur le chemin des Falaises Noires. Alors que, d'ordinaire, il ne prévoyait rien, il évoquait le plan de vie qu'il avait établi pour les prochaines semaines — les déjeuners du dimanche chez Simone, rue des Moulins, les dîners en ma compagnie aux Diamantaires, le massage mensuel dans le salon d'Anthony, les promenades saisonnières en bateau-mouche —, tel un convalescent scrupuleux qui, en aucun cas, ne voulait voir réapparaître le moindre signe de son ancien mal. Il regardait, avec un sourire un peu narquois, à l'angle de la place de l'Opéra, l'automate, en frac noir et jabot blanc, qui mimait les gestes cassés d'un somnambule surpris en pleine hypnose et semblait donner en spectacle ce qu'il avait été : quand ses propres gestes étaient, dans leurs saccades nerveuses, rendus mécaniques par l'abus de l'alcool et le tourment noué de l'amour.

Lorsqu'il s'apercevait dans une glace, au coin de la rue du 4-Septembre, il n'avait plus son réflexe de recul moqueur et se contentait de dire qu'il avait une « silhouette d'époque ». Le soleil éclatait au-dessus du square Louvois ; il supportait la réverbération sur le marbre des nymphes de la fontaine et, pour la première fois, traversait le jardin sans hâte ni peur, ne cherchait pas refuge sous les feuillages du marronnier auquel il se contentait de lancer un coup d'œil comme si le tronc miné avait cessé d'être le miroir de son corps et de sa vie. « Quelle corvée !... » s'écriait-il en ouvrant d'un air détaché la boîte aux lettres. Parmi les réclames qui en ruisselaient, il y avait une carte postale qui manquait lui échapper. A ses doigts qui se retenaient de trembler en la retournant, à sa manière de feindre de survoler le texte, je compris qu'elle était de Serge. Il détournait la tête pour que je ne le visse pas pâlir et montait un peu trop vite l'escalier devant moi. En arrivant dans l'appartement, il noyait la carte parmi les dépliants publicitaires qu'il déposait en vrac sur la commode. Puis il allait ouvrir les volets. Ses mains reposant sur le rebord de la fenêtre, il se laissait brûler les paupières par le soleil avec l'extase excessive d'un néophyte regrettant de n'avoir pas embrassé plus tôt une croyance. Alors seulement, comme s'il s'était assez fortifié dans sa nouvelle foi, il me demandait des nouvelles de William. Comme je lui répondais que j'avais commis l'erreur d'aller, un soir, au Paradis, dont la lumière noire descendait sur mon cœur chaque fois que je l'évoquais, il m'appelait auprès de lui pour que ce fût le jour, désormais, et non plus la nuit, qui emportât ces passages de souffrance — « d'un autre âge », martelait-il avec un accent de délivrance survoltée.

XIII

Ce ne fut pas immédiatement en le revoyant qu'Auguste craignit de souffrir à nouveau. Il s'étonnait même de son propre détachement en voyant Serge traverser la place de la Comédie-Française, l'allure aussi triomphante mais le teint moins éclatant qu'au milieu de l'été — à moins que ce ne fussent septembre et les lumières mouillées des lampadaires qui ne l'atténuent. Il bousculait légèrement en arrivant la table de la terrasse du Nemours où il était installé depuis une heure. Auguste pouvait le regarder sans l'émerveillement presque apeuré qui le paralysait avant — même si ses lèvres noires et la sauvagerie dominée de son corps l'attiraient autant. Rassuré de sentir s'évanouir en lui la tentation de la jalousie, il l'écoutait, sans frémir, raconter son voyage à Londres, les journées passées dans les musées et les parcs, les nuits au Heaven ou dans les boîtes jamaïcaines d'East End. Il souriait même intérieurement en l'entendant dire qu'il avait été le héros de « fêtes sublimes » dans des lofts, du côté des docks, où on l'avait invité, refrénait à peine son ironie devant cette anecdote : à quelqu'un qui lui avait demandé pourquoi il gardait sa veste, au cours d'une party, dans la chaleur de la nuit londonienne, il avait répliqué que c'était parce qu'il était sans doute le plus beau de tous et n'avait pas besoin de le prouver en se découvrant autant que les autres. Peut-être parvenait-il enfin à le démythifier, à le juger, en démontant de lui-même les mises en scène de son narcissisme. Comme s'il se rappelait sa présence à ses côtés, Serge dit : « Ah ! J'ai quelque chose pour toi !... » Il déposait sur la table une boîte de thé qu'il avait choisie « spécialement » pour lui dans un magasin de King's Road. Rien n'ébranlait davantage Auguste que la sollicitude d'autrui, la preuve qu'on pensait à lui en son absence, lui qui imaginait toujours qu'on l'oubliait dès qu'on lui avait adressé un signe d'au revoir et qu'on avait atteint le bout de la rue. Il ne savait déjà comment assouvir son besoin de reconnaissance, sa hantise de la gratitude, surtout lorsque Serge ajouta : « Tu m'inviteras à en boire, cet hiver ? », ressuscitant son vieux rêve d'un compagnon qui, les soirs de glace, se tiendrait à ses côtés sur le divan. Et lui qui avait décidé de laisser couler les jours et les saisons sans plus jamais les anticiper, il croyait que la place Colette devenait plus sombre, la pluie plus froide, et qu'une buée de neige recouvrait les vitres de l'autobus qui s'en allait vers Saint-Germain. « Oui... Peut-être » s'entendait-il répondre, prêt, à nouveau, à tout lui accorder. « On va dîner ?... » lui demandait Serge, abruptement. « Aux Bouchonneurs, rue de Richelieu » lui lançait aussitôt Auguste : il avait choisi ce terrain neutre, dont le décor ne risquait pas de l'émouvoir rétrospectivement, ne lui permettait pas de faire de comparaison qui pût — comme nous le lui avions conseillé — diminuer ses défenses.

Était-ce l'effet des deux verres d'alcool qu'il avait pris au Nemours ? — lui qui ne buvait jamais —, Serge lui apparut, dès qu'ils furent installés, plus troublé que de coutume : il renversait son couteau, sa serviette, ne parvenait pas à concentrer son attention sur les noms des plats, s'embrouillait au moment de les commander, balbutiait même des excuses au serveur. Il avait perdu un peu de son insolence vaniteuse, comme si quelque chose avait brisé son arrogance, à Londres, pendant l'été. Auguste, ébahi, l'entendait émettre, pour la première fois, des doutes sur lui-même : Serge se reprochait de n'avoir pas assez travaillé, il n'était pas sûr de réussir son concours, hésitait, en cas de succès, sur la carrière qu'il embrasserait plus tard, disait-il avec un orgueil anxieux : celle de juge ou de diplomate. « Mais, dans ce cas, je serai obligé de partir à l'étranger... Très loin, peut-être... » Auguste sentit que Serge guettait sa réaction et, de peur de trahir l'émotion qui le traversait — à la pensée qu'il partît à jamais —, il fixait, en face de lui, l'aquarelle de la mer dont il était assuré, depuis cet été, qu'elle lui apporterait toujours l'apaisement qu'il en attendait. Il se laissait envahir par le bleu qui éteignait tout, autour de lui, acceptait d'avance l'exil de Serge, le souhaitait même, y voyant une chance de l'oublier tout à fait. Peut-être Serge s'exaspérait-il de sa distance, et presque indigné de ce qu'il n'occupât plus le centre de ses pensées, lançait brusquement : « Tu ne m'aimes plus ? » Auguste qui naviguait jusque-là entre la nécessité de la froideur et la tentation du retour à la confiance, tendait sa volonté pour se rappeler son calvaire du boulevard Richard-Lenoir, dans l'aube torride de juillet. Aussi, malgré la douceur désarmée, presque suppliante qui montait dans le regard de Serge, et l'humilité inquiète avec laquelle il modulait sa question : « Je ne t'intéresse plus, c'est ça ?... », il répondit : « Bien sûr que si... Mais... » Il savait déjà que grâce à ce « mais » il venait de se sauver, qu'il ne serait plus l'otage d'un attendrissement auquel il se sentait à nouveau prêt à succomber. « Tu as rencontré quelqu'un, cet été ?... » lui demandait Serge. Il avait, en même temps, cette pauvre fierté que Serge pensât qu'il était encore capable de séduire et la tristesse de sentir que ce n'était qu'une pirouette inconsciente de sa part. « Mais non, voyons... » disait-il, en s'efforçant de sourire et, pour échapper à d'autres questions dérisoires, c'était lui qui, maintenant, lui demandait : « Et ce Jérôme... avec qui tu es parti, je crois?... » Serge pâlit un peu et dit : « Au bout de quatre jours, il est allé à Glasgow... rejoindre quelqu'un qu'il avait connu dans un bar... » — avant d'ajouter avec une ironie hautaine : « Il ne pense qu'à s'amuser, celui-là... A faire des folies de son corps !... » Il avait la même réticence amère quand il évoquait l'euphorie de la chair, comme si le plaisir qu'il aurait veillé, caresse après caresse, à procurer à d'autres risquait de fissurer le semblant d'invulnérabilité qu'il s'était forgée, d'effriter l'image intraitable qu'il entendait donner de lui-même et qui avait fini par dévorer ce qui restait, en lui, d'enfance, de tendresse et de capacité d'offrande. « Il m'a lâché !... » disait-il avec une indignation naïve. Auguste comprenait que Serge avait été blessé dans son narcissisme, qu'il avait perdu un ou deux miroirs en chemin, et que, s'il revenait vers lui, ce n'était pas, bien sûr, pour l'aimer — bien qu'à force de chercher à provoquer l'amour des autres, il se donnât parfois l'illusion d'en éprouver à son tour —, non, c'était simplement parce qu'il avait besoin de quelqu'un qui pût l'admirer à loisir et l'assurer de son abnégation émerveillée. « Mais toi, tu es là !... » murmurait Serge, affolé qu'on ne lui renvoyât plus de reflet de lui-même, d'être peut-être en train de perdre son pouvoir de fascination — tel un prince désemparé de n'avoir plus sa cour de fidèles et qui se rabattrait sur le premier courtisan de passage pour être rassuré sur la déférence qu'on lui devait. Auguste n'osait pas lui avouer qu'il ne pouvait plus jouer le rôle de serviteur ébloui qu'il s'était donné la nuit d'hiver où il avait accompagné, avec un respect ému, le moindre de ses gestes, dans les lumières des Diamantaires, parmi les musiques d'un baptême arménien.

En le voyant le supplier en silence de rester à ses yeux un objet d'adoration, Auguste aurait pu profiter de sa fragilité passagère, songer à se venger. Mais il y avait en lui trop de mansuétude innée pour qu'il éprouvât la moindre volupté de domination — lui qui avait toujours eu en horreur l'idée qu'on pût être vainqueur en amour et n'aspirait qu'à une fraternité sensuelle où chacun oublierait jusqu'à l'existence d'armes gardées secrètes. Aussi quand Serge, presque repenti, lui dit doucement : « Je t'aime bien, tu sais... », il ne ressentit que de la tristesse — que la vie lui apportât ces paroles au moment où il n'éprouvait même plus le désir d'y croire. Aussi ce fut lui qui prit l'initiative du départ, régla l'addition, sans se soucier de ce que la moitié de son loyer s'évaporait ainsi. Il lui semblait que Serge, si droit dans son costume, retrouvait sa fierté en descendant en silence, à ses côtés, la rue de Richelieu. Quand ils parvinrent au seuil de l'immeuble, alors qu'Auguste s'apprêtait à lui dire au revoir, très vite, prévenant ainsi tout éclat de véhémence amère, Serge lui dit : « Je monte » et lui prit le bras pour le suivre. Mais Auguste dit précipitamment, peut-être dans une impulsion de survie : « Je préfère rester seul. » Serge le regardait d'abord avec une expression de dépit hébété, puis d'incompréhension rageuse et de mépris rancunier — qu'on pût ainsi le repousser. Crispé sur ce qu'il se persuadait être du courage, Auguste s'enfonçait déjà dans l'ombre du hall en serrant la clé dans la paume de sa main droite. Sans doute Serge avait-il dépassé l'angle de la rue Montpensier, et soudain épuisé, comme si son refus lui avait retiré toutes ses forces, il montait très lentement les marches, en se disant qu'il avait laissé passer la dernière chance d'étreinte que lui avait offerte la vie. Avant d'arriver sur le premier palier, il luttait contre la tentation de redescendre, de courir après Serge, de saisir un écho de ses pas et de sa beauté. Le désir s'engouffrait dans sa poitrine, lui brûlait les membres, se confondait avec tous les désirs inassouvis qui remontaient du fond de son corps. Il plaquait l'ombre de Serge contre le mur, le heurtait de ses lèvres comme si c'était une cloison de chair à laquelle il aurait voulu imprimer l'empreinte de ses baisers. Mais quelqu'un éclairait, là-haut, allait descendre l'escalier, lui demander peut-être : « Qu'est-ce qui se passe ?... » — ce qui le poussait à se redresser, à gravir très vite les marches. Il traversait l'obscurité de son appartement et, après avoir posé machinalement la boîte de thé sur la table basse, allait se poster à l'angle de la fenêtre, espérant peut-être l'apercevoir ou qu'il l'appelât du fond de la nuit. Mais il n'y avait que l'écho de la pluie sur les toits : elle avait une fraîcheur presque océane, des étincellements d'embruns, en crépitant sur les ardoises. Il se rappelait qu'au cours de leur dernière promenade sur le chemin des Falaises Noires, il avait promis à Simone de lui dire, lorsqu'elle serait de retour à Paris, que « tout était rentré dans l'ordre ». Et de se le répéter à lui-même le faisait sourire de cette flambée de désir qui, pendant quelques minutes, avait tout embrasé de lui — sauf le cœur. Il se disait que si, aux yeux de beaucoup, il avait manqué sa vie, s'il n'avait pas — comme on dit — « réussi », s'il lui restait à peine, depuis qu'il avait épuisé ses économies, de quoi maintenir une apparence décente, il avait tout fait pour l'amour. Cette certitude, de ne pas l'avoir galvaudé, de le rendre intact — tel un bien qu'elle lui aurait demandé de garder — à la vie, quand elle s'en irait, l'envahissait d'un bonheur calme qui l'entraînait, pour la première fois depuis sa jeunesse peut-être, jusqu'à la glace. Après avoir éclairé la lampe à côté, il s'y contemplait enfin, ne concentrait plus son regard sur les seules parties qu'il jugeait rescapées de l'usure du temps et peut-être encore sensuelles — les mains, les lèvres —, mais embrassait l'ensemble de son corps qu'il ne prenait plus en pitié et cessait de renier.

XIV

C'était le soir de la première de *La Ménagerie de verre*. Je m'étais longtemps préparé pour m'y rendre, essayant de me composer un visage, un maintien. Mais quand j'arrivais devant le théâtre Marie-Stuart, je renonçais soudain à y entrer, le cœur trop serré par le souvenir de la première de *L'Enfant de l'étoile* : j'avais tenu la main de William dans l'ombre froide des coulisses où James allait de l'un à l'autre, en balbutiant que la salle n'était pas aussi vide qu'on le croyait, jusqu'à ce que, au lever du rideau, il avançât, raidi d'appréhension, vers le décor de la forêt enneigée, tandis que je répétais à voix basse les premières répliques qu'il me semblait tarder à prononcer.

Depuis le comptoir du café, en face, je suivais l'arrivée des spectateurs qui montaient les marches, soulagé qu'ils fussent aussi nombreux, cette fois, que Séverine ne fût plus obligée de les compter sur les doigts. Je reconnaissais au passage les amis de William que j'avais rencontrés avec lui dans des appartements, à des terrasses de cafés ou dans des halls d'autres théâtres et qui, à leur tour, disparaissaient de ma vie. Une fois que la sonnerie s'était éteinte, que les portes avaient claqué sur deux ou trois retardataires, il n'y eut plus que la rumeur de la pluie et, au loin, des klaxons répétés de voitures — sans doute le cortège d'une noce qui s'éloignait dans la rue Réaumur. Je songeais à mon père qui venait de se marier à la mairie de Pila Canale avec madame Casanova. « On n'a pas fait grand-chose..., me disait-il, comme pour s'excuser, au téléphone. Une cérémonie toute simple, sans tralala... » Ils ne s'étaient pas attardés au village — « Elle n'a plus personne, là-haut » —, étaient descendus à Ajaccio, avaient été reçus par la directrice du club du troisième âge avant de se réunir autour d'un verre, à la Taverne, avec des « amis » : ce mot, qu'il prononçait avec un accent de jubilation discrète. Il m'avait envoyé la photographie où ils étaient assis côte à côte sur le rebord de la fontaine de la place du Diamant, endimanchés, n'osant pas se prendre la main — tels des promeneurs qui ne se connaissaient pas l'instant d'avant, qu'un photographe de passage, en quête d'images d'arrière-saison, aurait voulu voir poser ensemble en leur demandant de se rapprocher l'un de l'autre. Monsieur Lucciani les avait ensuite emmenés en voiture jusqu'au phare des Sanguinaires — « Elle aime bien les couchers de soleil, tu sais... » — avant de les raccompagner aux Jardins de l'Empereur. « Elle va s'installer ici... » : sa voix tremblait d'un bonheur inquiet. Sans doute n'arrivait-il pas à réaliser qu'il allait vivre aux côtés d'une femme que, pendant des années, il s'était contenté d'aller voir, deux fois par semaine, à l'autre bout d'Ajaccio, après avoir traversé les terrains pierreux des Salines et manqué trébucher, à chaque pas, avec ses deux gâteaux à la main. Mais il ajoutait aussitôt : « On ne touchera pas à la chambre de Juliette », où tout demeurait d'elle : le cahier où étaient inscrits les noms des enfants handicapés dont elle s'occupait à travers la Corse ; les tubes de rouge à lèvres et les flacons biseautés de vernis à ongles alignés sur la table ; les deux petits chevaux de bronze encadrant les tomes fanés du *Quatuor d'Alexandrie* dont, chaque soir, elle relisait quelques pages avant d'éteindre. Puis, timidement, comme s'il osait à peine me le dire : « Ce n'est pas la peine de l'annoncer à ta mère... », même s'ils ne s'étaient pas revus ni parlé depuis trente ans, il craignait de la blesser et d'accentuer sa solitude en lui montrant qu'il avait été capable de refaire sa vie de son côté. Pourtant, lorsque, par mégarde, j'évoquais encore parfois son existence, elle se contentait de l'appeler, avec un soupir de dérision excédée : « Celui-là... », avant de détourner la tête. Depuis si longtemps, elle ne considérait les hommes que comme des intrus gauches et dangereux qui risquaient de détruire l'équilibre masochiste qu'elle fondait sur la volupté du malheur et l'orgueil de la relégation consentie. Elle tolérait à peine, il y avait encore une dizaine d'années, les visites de monsieur Junca, un veuf de l'avenue de la Sardane, qui venait parfois s'enquérir de sa santé. Elle le rudoyait, quand j'étais là, se moquait des paniers de figues qu'il lui apportait de son jardin de Thuir, prétendait qu'il avait choisi celles qui, trop mûres, avaient éclaté en tombant de l'arbre, multipliait les formules cassantes pour éteindre le soupçon qu'il existât un sentiment, même velléitaire, entre eux. Un après-midi d'été, dans un square de LaTour-de-Carol où nous nous étions arrêtés, en route vers Porta, où elle voulait revoir sa maison natale (elle était presque heureuse dans le wagon découvert du train jaune, laissait le vent de Cerdagne défaire ses crans argentés, refermer ses paupières sur l'ombre des sapins et des viaducs), alors qu'un homme venait s'asseoir sur le banc à côté d'elle, lui parlait tout en se rapprochant, et s'apprêtait même à glisser le bras autour de ses épaules, elle m'adressait de petits signes affolés. Tandis que je l'encourageais de loin à ne pas le repousser avec la véhémence angoissée qui était toujours la sienne dans ces cas-là, elle baissait la tête et, gênée, ajustait les soufflets de sa jupe. Hors de l'été, envahie à nouveau de gris, elle obéissait à un ordre très ancien qui lui commandait de se tenir à l'écart de toute sensualité, de revenir vers cette intransigeance malheureuse de veuve de la chair qui semblait n'avoir jamais su ce qu'était un corps contre un autre et n'avait jamais cherché dans les draps la douceur d'une main aimée, depuis les nuits de Saint-Arnaud où son lit était déjà un empire de blancheur que rien ne devait froisser.

Elle avait pourtant appris, peu à peu, après une longue hostilité dictée moins par un précepte moral que par la peur du plaisir, à accepter mes amours. Elle avait tenu à voir William dans *L'Enfant de l'étoile*, lorsque la troupe avait joué au théâtre municipal de Perpignan. C'était sa première sortie depuis très longtemps. Ne voulant pas s'immiscer dans ma vie, et me laissant goûter une illusion de jeunesse auprès de Séverine et Guillaume qui étaient du voyage, elle n'osait pas venir s'asseoir au premier rang, à mes côtés. Elle demandait à l'ouvreuse, comme si elle implorait d'elle une faveur, de l'emmener plus loin, vers l'une des rangées du fond, sous le balcon et, pour compenser la gratuité de sa place, avec sa dignité de femme pauvre, achetait un programme. Avant de s'asseoir, elle plaquait la main en arrière, sur le versant de la jupe plissée de son tailleur anthracite afin qu'il ne risquât pas de se froisser. Elle l'avait minutieusement repassé, glissant pendant des heures, malgré sa douleur au poignet, l'extrémité du fer à l'intérieur des soufflets du tissu, comme si elle n'avait de cesse d'ouvrir et de refermer les plis d'ombre de sa vie. En attendant le lever du rideau, elle vérifiait l'exactitude du nœud de la cravate de son chemisier en crêpe beige, lissait, un à un, les doigts des gants en cuir crème posés sur ses genoux puis se penchait vers le bout de ses escarpins vernis en se demandant si tout était en accord dans les matières et les teintes, si rien ne « clochait » dans sa tenue « endimanchée » : ce mot qui continuait à illuminer ses soirs de solitude même si elle avait laissé passer toutes les chances de sortie. Elle ne prêtait qu'une attention distraite à la représentation, essayait seulement de deviner quel était, parmi les acteurs, celui que j'aimais et accompagnais de ville en ville — heureuse que cela lui donnât l'occasion de me voir, même en coup de vent. A la fin, elle me faisait de petits signes, en levant ses mains violacées par l'arthrite, pour s'excuser de ne pouvoir applaudir. Tout son contentement, elle le concentrait dans son regard, si lumineux, au fond de la salle, comme si les scintillements des lustres venaient s'y refléter. En sortant, elle se faisait toute petite parmi les spectateurs : ils s'écartaient spontanément de cette vieille femme qui clopinait et leur demandait pardon, à chaque pas, de sa lenteur. Elle se cachait presque parmi eux, saisissait au passage des bribes de commentaires avec une curiosité inquiète, de peur, peut-être, d'entendre des critiques sur l'interprétation de William ou la qualité de la mise en scène. Elle m'attendait dans le hall, mais en retrait, toute seule, près du guichet fermé, n'osait pas m'appeler quand j'arrivais, se contentait, lorsque je m'approchais d'elle, de m'observer avec son air d'éternel souci tandis qu'un mince sourire de bonheur qu'elle ne se donnait pas le droit d'éprouver apparaissait à son insu sur ses lèvres. Puis elle levait la main aussi lourde et sèche qu'un battoir pour retirer, en tremblant, un fil sur le revers de ma veste et tenter de hausser le col de ma chemise qu'elle jugeait trop « rentré », comme si la tenue continuait à importer davantage que l'état des pensées et des sentiments depuis les jours de Saint-Arnaud où — je m'en rendais compte seulement — c'était le gâchis de mon costume, et non les caresses que j'avais pu prodiguer à Marie-Claire, qui l'avait bouleversée à ce point. Lorsque je lui prenais le bras pour l'entraîner vers mes amis afin de les lui présenter, elle me retenait par la manche, afin de m'en empêcher, prétendait, comme si elle appréhendait de me gêner, qu'elle avait perdu l'habitude de sortir, que tout cela — les lumières, les voix, les gens, le théâtre — lui donnait une sensation de vertige qui l'épuisait. Elle me demandait simplement de l'aider à descendre les marches du théâtre. Elle les descendait de guingois, en se raccrochant à mon épaule, au bord d'un rire qu'elle ébauchait pour dissimuler le coup au cœur que lui donnait chaque pliure forcée du genou. Parvenue sur le trottoir, elle exagérait, malgré les perles de souffrance au front, son expression de soulagement, pour me montrer sa reconnaissance. Puis, après s'être excusée de m'avoir fait « perdre du temps », reprise par son orgueil, par cette volonté de ne compter que sur elle-même qui résonnait comme un défi, elle me disait qu'elle voulait rentrer seule. Digne et s'efforçant d'être droite, en redressant au maximum ses épaules voûtées, elle s'éloignait à pas comptés dans ce tailleur anthracite qui, trente ans plus tard, semblait tout juste sorti de la vitrine des Nouveautés, et demeurait sa principale victoire sur le temps. Arrivée chez elle, elle mettrait longtemps à le suspendre dans l'armoire à l'un des cintres qu'elle se plaisait à faire s'entrechoquer comme si leur cliquetis presque joyeux, la volée de notes métalliques dans l'ombre des robes qu'elle gardait depuis Saint-Arnaud, constituait désormais la seule musique de sa vie. Elle allait se fondre dans la nuit quand William s'élança vers elle, les joues encore colorées par le fard de scène de *L'Enfant de l'étoile* et tenant à la main le bouquet qu'on venait de lui offrir. Quand il le lui tendit, elle manqua tomber, déséquilibrée moins par la fulgurance de la douleur à la cheville gauche que sous l'effet de la surprise : personne ne s'était précipité vers elle depuis si longtemps. Elle balbutiait quelques « merci » suffoqués de tendresse avec, dans le regard, une telle clairvoyance attristée, comme si elle avait entrevu en quelques secondes ma relation entière avec William. Elle ne voulait pas — ainsi que je le lui proposais — rester avec nous, il était bien trop tard. Elle s'éloignait à nouveau, à cloche-pied, avec le bouquet qu'elle aurait pris sur le cœur si elle n'avait craint de tacher son tailleur. Elle le regarderait, des jours entiers, dans le silence de la salle à manger, palpant parfois les pétales, croyant ainsi en raviver les couleurs et murmurant à l'infini les formules de gratitude qu'elle se reprochait de n'avoir pas su exprimer devant les marches du théâtre.

C'était un succès. De l'angle du comptoir du bar où les lumières commençaient à s'éteindre, j'entendais les applaudissemens qui se poursuivaient, même après que s'étaient ouvertes les portes du théâtre ; je suivais toutes les silhouettes qui descendaient les marches, se regroupaient sous les parapluies qui s'entrechoquaient dans cette effervescence mélancolique des sorties des salles de spectacle, les soirs de pluie. Une fois que la foule s'était éloignée, William apparut sur le seuil des coulisses. Il tenait à la main la licorne de cristal, aux pattes brisées, que je lui avais offerte avant l'été : elle lui avait porté chance. Je l'entendais dire « merci » non seulement à ses amis mais aussi à ceux qu'il ne connaissait pas et qui venaient à sa rencontre. Il les enlaçait au hasard, comme s'il ne savait comment exprimer sa gratitude à la vie, au monde, aux autres, dont il se persuadait, dans cette débauche de reconnaissance, qu'ils avaient tous été les artisans de son succès. Puis il se raidissait, luttait contre sa propre euphorie, résistait à son exaltation, essayait d'endiguer un bonheur trop précipité pour qu'il pût le savourer. Depuis son arrivée à Paris, il avait tant d'humiliations à rattraper à toute allure, tant d'auditions manquées, de matinées perdues dans les couloirs de castings, de dérobades d'agents qui refusaient finalement de le prendre dans leur agence, de moqueries sur la faiblesse de sa voix, de remarques acides ou faussement compatissantes sur le temps qu'il mettait à décrocher enfin un « vrai » rôle, de mensonges orgueilleux et tristes de sa part, pour dissimuler qu'il devait se contenter de jouer dans des écoles ou des salles municipales : un seul soir de triomphe n'arrivait pas à les effacer à la fois. James le protégeait par des accolades fraternelles, réussissait à l'entraîner à l'écart pour l'aider à pleurer, le délivrer de la plénitude surexcitée qui l'égarait loin de lui-même, avant que Séverine, à son tour, ne vînt recouvrir ses larmes avec l'ombre de son chapeau prune. William riait, criait qu'il voulait boire, « faire la fête » toute la nuit. J'étais heureux pour lui, lui étais presque reconnaissant de me procurer cette joie sans envie, cette sorte de paix — de n'avoir rien altéré de ses dons et de sa jeunesse, d'avoir peut-être même favorisé l'éclosion de l'état de colère et de grâce rebelle qui lui avait été nécessaire pour incarner le personnage de Tom. En le laissant repartir, indemne, vers d'autres scènes et d'autres amours, je goûtais la volupté d'une réparation imaginaire dans cette étape supplémentaire d'un dédommagement fictif que je devais à la vie. Ils discutaient, pour savoir où ils allaient dîner : au Chalet Maya — comme le soir de la première de *L'Enfant de l'étoile* — ou plutôt, pour changer, à Vision Quai, sur le quai de la Tournelle. Les battements de mon cœur devenaient de plus en plus ténus à mesure que claquaient les portières des voitures où ils montaient.

Dans le silence de la rue où je repartais en sens inverse, il n'y avait que l'écho des pneus dérapant sur l'asphalte mouillé puis le grincement assourdi des portes du théâtre que l'on refermait. A l'angle de la rue Réaumur une colonne était recouverte par l'affiche de *La Ménagerie de verre* où son nom apparaissait « en grand » — comme il en rêvait avant avec une candeur inquiète. Il était devenu inaccessible, et je ne pouvais même pas le frôler du bout des doigts. Il ne me restait plus qu'à les attarder sur la couleur sanguine, déjà un peu éteinte par les orages de septembre, qui me paraissait se répandre partout, et envahir le ciel de Paris. C'était celle des forêts, autour de Charmes, en automne, où on disait que les arbres, dès que résonnaient les premières cognées de bûcherons, se prévenaient mutuellement qu'ils allaient mourir ; ils se rapprochaient les uns des autres, tendaient leurs branches, leurs fûts et leurs racines pour tenter de s'unir dans une dernière parade. Les colonnes me guidaient, devenaient mes seuls points de repère dans le brouillard de pluie jusqu'à la rue de Cléry. Je reconnaissais les fenêtres laiteuses de l'appartement où Anthony accomplissait ses massages de nuit. Bientôt je monterais à nouveau dans le salon clandestin où il opérait dans un tel silence qu'il vous permettait — étendu, les yeux fermés dans l'odeur de camphre, d'eucalyptus et de peignoirs humides — de vous imaginer avec quelqu'un d'aimé. Il avait assez de patience pour dépasser le temps imparti pour la séance et prolonger les caresses jusqu'à ce que vous jouissiez, alors que derrière le rideau de nylon beige se profilait la silhouette à la fois lourde et impatiente d'un autre client qui attendait en tournant sur lui-même et en recomptant parfois ses billets, tel un voyageur retenu dans une salle de transit.

Sur le boulevard des Italiens, les avancées vitrées des brasseries que je longeais étaient pareilles à des wagons arrêtés où, dans les parfums de velours, de fard et de vin que m'amenaient les bouffées de pluie, je n'apercevais que des êtres qui, inclinés l'un vers l'autre, se prenaient les doigts et s'apprêtaient à confondre leurs visages dans les reflets des globes bleus ou rosâtres — pareils aux couples que, depuis le quai, j'apercevais derrière les vitres de l'Inox qui, les nuits d'automne où la voie était inondée du côté de Palestro, s'arrêtait en gare de Saint-Arnaud. S'étonnant à peine que le convoi s'immobilisât dans ce village perdu des hauts plateaux où les seuls repères étaient une ou deux fenêtres encore éclairées à l'hôtel des Chasseurs, ils joignaient les mains pour effacer ensemble la buée, rire de cet arrêt qui leur permettait de s'embrasser sans risquer d'être renversés par le balancement du train qui, depuis Constantine, n'avait cessé de tanguer sur les rails à demi noyés.

De la terre du square Louvois montait cette odeur, que j'aimais retrouver dans les squares de Paris où j'avais terminé tant de nuits, de peaux encore imprégnées par les fumées des dancings mais gagnées, peu à peu, par la fraîcheur du sable mouillé, de lèvres à goût d'écorces et de whisky tiède, de cheveux trempés et de portail rouillé, de mousse et de ceinture défaite, de torses fiévreux et de racines fondues. Ces pas qui traversaient le square et venaient à ma rencontre, c'était Auguste. Il m'avait attendu toute la soirée, me disait-il, avait renoncé à aller dîner avec Simone, rue des Moulins. Il me prenait la main, comme j'avais pris la sienne, un matin de juillet, sur le trottoir du boulevard Richard-Lenoir : peut-être le meilleur de la vie était-il dans ce cycle de dévouements et de gratitudes qui amenait chacun à devenir l'ange tutélaire de l'autre. Il ajoutait, pour me faire sourire, qu'il venait de retrouver, dans l'armoire de la chambre, entre deux draps, où il l'avait dissimulée, un soir où il avait dû s'exaspérer qu'il ne lui donnât plus de ses nouvelles, la photo de Serge. Il n'avait même pas eu besoin de la déchirer pour se prouver qu'il avait cessé de l'aimer : il n'était plus, à ses yeux, que l'un de ces étrangers de passage dont, avant, il ne se souciait pas d'avoir égaré le nom et l'adresse au bout de l'été. « Regarde-nous..., ajoutait-il en riant. On s'est peut-être aimés... On ne s'en souvient même pas... » Seule nous revenait parfois l'image d'une nuit de juin, où, en sortant du Nuage, nous avions marché — ivres, à demi enlacés — à travers les rues de Saint-Germain. Nous étions-nous étreints, ensuite, ou contentés de dormir ensemble, côte à côte sans même nous effleurer ? Nous ne le savions plus. Il avait remis sa chemise violine, son pantalon grenat et sa gourmette qui, lorsqu'il avançait en accentuant son déhanchement, cliquetait contre le bracelet de quatre sous : « L'art d'accommoder les restes », plaisantait-il. Il n'essayerait plus de se transformer : « Pour plaire à qui, mon Dieu ? »

Avant de quitter le square, il s'arrêtait près du marronnier et amenait ma main sur la région blessée du tronc. Il me demandait de caresser la membrane translucide où les gouttes de sève tarie s'égrenaient comme les perles de cire d'un cierge consumé. Bien qu'elle ne fût plus irriguée et sur le point de se dissocier en un faisceau de fibres mortes, elle était aussi douce que la peau d'un enfant endormi.

XV

Les lumières du Paradis semblaient presque éteintes. La violence des bleus avait décliné. Leurs reflets n'atteignaient plus le seuil du Cancan dont le jaune absinthe des ampoules de l'enseigne, comme lavées de la poussière de l'été, se remettait à flamboyer : peut-être les apercevait-on à nouveau de la terrasse du Viennois et du boulevard des Capucines. « Ce n'était même pas la peine que Cocaïne s'en moque... Il va fermer... » disait Andréa. Que s'était-il passé ? lui demandait Auguste. On ne savait pas vraiment : une histoire de neige (il en circulait de plus en plus, paraît-il, ces derniers temps), ou plutôt une bagarre si brutale dans le bureau du directeur qu'elle aurait entraîné la blessure grave et peut-être même la mort de quelqu'un, comme en témoignait le fourgon de police qui, au début de la soirée, s'était arrêté devant le dancing, avec une ambulance où on avait enfoui un brancard — le personnel étant retenu par des interrogatoires qui se poursuivaient encore à cette heure. « Ça n'a duré que deux à trois saisons... Elle passe vite, la mode, à Paris... » disait avec un soulagement ironique Jacqueline qui, elle, tentait en vain de la rattraper. Elle était à la fois rassurée — de ce qu'on ne risquât plus de rayer la carrosserie de sa Lancia — et inquiète — de ce qu'Andréa, qu'elle avait, tant bien que mal, réussi à « tenir » dans sa villa de Cavalaire, une partie de l'été, courût bientôt à la recherche d'un autre Paradis à travers Paris. La « femme du Rodolphe Simon », immobile sous son petit gilet, continuait à fixer le hall que redescendaient très vite, comme en fuyant le long des miroirs obscurs, quelques silhouettes : le portier, un des danseurs qui tournaient, avant, sur les carrés de marbre. Elle semblait continuer à espérer que Le Paradis lui rendît son fils, qu'il remontât vers elle — comme des soutes d'un navire naufragé — depuis les soubassements des gradins de velours ou les travées plus secrètes où se transmettait la neige. « Il reviendra... Mais d'ailleurs... » lui disait, déjà revêtu de son costume de scène, Olivier, qui passait son bras sous le sien et, les yeux glacés de regret dominé dans son masque de fard, résistait à la tentation d'appeler le disc-jockey du Paradis qui détachait au passage, pour l'emporter, une des affiches annonçant les soirées à thèmes pour l'hiver. Alors qu'il la ramenait à l'intérieur du Cancan, il nous demandait, ainsi qu'au propriétaire du Berry, de rentrer aussi : le nouveau spectacle n'allait pas tarder à commencer. Mais celui-ci regardait fondre les bleus cobalt dans la pluie tiède — de fin d'été encore —, médusé que, presque au même moment — « Tout serait prêt dans quelques jours... » disait-il —, le néon se remît à briller au fronton de son cinéma, comme s'il y avait, à son profit, un transfert de lumière dans le ciel de Paris : on en apercevrait bientôt à nouveau l'éclair de tout le boulevard de Belleville et même des hauteurs de Ménilmontant. « Ils ne m'ont pas lâché, mes jeunes !... Ils ne m'ont pas lâché ! répétait-il. Je vais tous les inviter à L'Étoile de Tunis !... Ils méritent bien ça !... Vous viendrez, vous aussi ?... » demandait-il à Auguste dont il se rappelait qu'il avait été souvent le seul à se pencher sur le programme des séances spéciales abandonné sur le comptoir du Cancan. Auguste lui proposait même — il faisait si doux, encore — de le raccompagner à pied jusqu'à Belleville, après le gala. Il voulait retraverser Paris dans le petit matin, voir le soleil apparaître sur les squares du nord, les jardins de la place Franz-Liszt, les glaces de la porte-tambour des Diamantaires qu'il n'avait jamais vues miroiter de jour. « Ce n'était pas grand-chose !... » criait, depuis l'autre trottoir, après avoir réussi à se glisser dans le désert du Paradis, René Kauffman, ragaillardi par son séjour aux bains de Niederbronn, où il s'était « refait le cœur » : on ne savait jamais s'il s'agissait de l'organe ou de sa faculté d'aimer, de son aptitude à se laisser foudroyer par le premier garçon qu'il croisait, dès son retour en septembre, sur le chemin du Cancan. Il décrivait l'arène des miroirs — « Il y en avait partout, mais pas immenses, finalement » —, les gradins de velours déjà râpé, les filets de soie dans le vide de la piste de danse, aux plus âgés qui, assis à leurs tables solitaires, avaient juste détendu les doigts sur leurs verres. On devinait dans leurs yeux un mélange de soulagement — ils cessaient de souffrir de ne pouvoir étreindre aucun des garçons qui passait dans la rue Caumartin — et de regret — car, au moins, avant, ils pouvaient capter un regard, une part de peau, un sourire à partir desquels ils s'inventaient des rencontres, leur prenaient la main en rêve, les roulaient, avant de s'endormir, dans des draps de songe. Tandis qu'ils tournaient pour le gala leurs chaises vers la scène en se rapprochant les uns des autres, ils se libéraient, en tout cas, de la tension de la rivalité inconsciente et dérisoire qu'avait entraînée le voisinage du dancing : ils n'auraient plus à subir la supériorité outrancière, l'arrogance excitée de ceux qui, parfois, avaient été accompagnés — au moins jusqu'au seuil du Cancan — par un jeune du Paradis, et à laquelle j'avais, moi aussi, sans doute cédé, en emmenant William ici, même si je savais qu'il n'y était pas heureux, ne s'y sentait pas à sa place.

Jamais il n'y avait eu une telle circulation de tendresse à l'intérieur du Cancan, jamais il n'avait été aussi beau, avec toutes les fleurs d'automne : aconites, asters et heleniums dont le jaune s'accordait à celui du satin des parois. Elles étaient disposées en gerbes de chaque côté de la scène et en bouquets sur les tables. Gérard Drancourt les avait ramenées de L'Ile-Verte, n'hésitant pas à dépouiller son jardin de Chatou pour orner le cabaret. Assis, seul, à une table d'angle, il tournait le dos aux miroirs, comme s'il avait renoncé à son image de prince glacé des nuits, de juge précieux uniquement occupé à punir chez autrui la « faute de goût » ou le « manque de classe ». Sa main, d'où il avait retiré la chevalière armoriée, ne brillait plus sous les onguents de l'institut Rousseau, était rougie par les écorchures des ronces qu'il avait arrachées au cours des travaux d'arrière-saison. Quand apparut Alain Palerme qui, oscillant sur ses béquilles, heurtait parfois le bord des tables, il se levait et se précipitait à sa rencontre. Etait-ce le besoin d'effacer le remords de ne s'être pas élancé vers lui quand, le soir du bal du 14 juillet, il l'avait vu tenter de descendre avec ses cannes, sous la pluie, les marches du quai de la Tournelle avant de s'y renverser dans son smoking trempé, ou bien l'élan d'une miséricorde que, depuis des années, il dissimulait sous ses fanfaronnades acides ? Il lui offrait son épaule afin qu'il s'y appuyât et vînt s'asseoir à ses côtés. Puis il glissait les béquilles sous la table pour lui montrer que son meilleur appui était désormais le bras qu'il lui tendait.

Gabrielle Mayen, épanouie, leur racontait qu'elle avait passé la nuit dernière sur le plateau de tournage de *La Vie de bohème* de Karunalvski : elle s'était habillée, comme le lui avait demandé Elvire, de l'agence Rebecca, d'une robe et d'un fichu noirs pour rejoindre à minuit l'équipe, du côté de Rungis. Au départ, elle n'aurait dû composer qu'une « silhouette ». Mais le metteur en scène finlandais, impressionné par la vérité de sa tenue, s'était écrié qu'elle l'inspirait et avait improvisé une scène autour d'elle — celle d'une femme servant à dîner à un groupe d'exilés réunis dans un appartement de Montrouge. Elle leur adressait même quelques mots : c'était sa première scène « parlante ». Elle en aurait d'autres, avait déjà signé plusieurs contrats : un téléfilm japonais où elle incarnerait une sorte de madame Claude repentie dans un hôtel particulier du Champ-de-Mars ; puis une visiteuse de Jules Ferry dans un film qui allait lui être consacré. Elle n'égrenait pas ces projets par vanité : c'était seulement pour elle une manière de se donner des jalons dans les prochaines saisons. Pour la première fois, elle commandait une bouteille, offrait de la partager avec eux, les invitait, un soir, dans son appartement de la place Monge et, heureuse d'exercer à nouveau son « bénévolat », proposait d'aller parfois chercher Alain Palerme pour qu'il se promenât à son bras jusqu'aux jardins du Palais-Royal.

« Ce n'est plus vraiment le zénith de ma vie », disait Raymond Nabi. Il venait d'être opéré du cœur : une part de la cicatrice qui labourait sa poitrine apparaissait dans l'échancrure de la chemise. A l'assurance hypertrophiée de sa voix avait succédé une fragilité naïve dont il semblait s'étonner lui-même. Sa femme Arlette allumait une cigarette, la lui tendait, lui permettait d'aspirer quelques bouffées avant de la reprendre. Sa main gauche enveloppant le verre de whisky, pour qu'il n'eût pas la tentation d'y boire, elle se penchait, lui embrassait le front, veillait sur lui comme sur un enfant qui se serait, un temps, égaré dans la nuit de Paris. Elle allait l'emmener, pour une convalescence dont elle devait espérer qu'elle durât jusqu'au bout de la vie, dans la Villa des Roses, près de Larnaka. Elle appelait Luc, pour qu'il vînt passer à leurs côtés cette dernière soirée à Paris. Lui qui, il y avait à peine quelques semaines, aurait rêvé d'accompagner Raymond à Chypre, n'avait plus vraiment la nostalgie du séjour — de promenades et d'étreintes — qu'il y avait fait avec lui en novembre, ne concevait de regret que pour la douceur du vent d'automne dans les figuiers, la mer encore chaude, la blancheur des pièces où flottait une odeur d'ébène, d'encre froide et de miel, comme si le lieu avait pris son autonomie et voguait seul dans sa mémoire. Il encourageait Raymond à partir vers la maison de Larnaka et, à sa volonté qu'il fût heureux en dehors de lui, à l'extinction de toutes ses rancunes, savait que son amour se métamorphosait en amitié. Son visage, qu'avait assombri, un temps, le deuil des mots, s'éclairait à nouveau. Délivré de l'obsession de la perte d'un don qu'il avait associée à sa séparation avec Raymond, gagné par le calme nécessaire pour cerner les plus secrètes douleurs que l'état de doute anarchique dans lequel il vivait, ces derniers mois, lui interdisait de transcrire, il avait enfin trouvé la musique de sa nouvelle pièce, le ton des premières répliques. C'était de très loin — du silence de l'église intérieure où s'évanouissait, au fil des pages, le remords du temps dilapidé — qu'il entendait Arlette lui dire qu'il avait été, sans doute, ce que Raymond avait connu de meilleur à Paris, qu'il lui avait permis de peindre sereinement, d'améliorer ses relations avec les autres, son fils et elle-même — ajoutait-elle, avec, dans les yeux, un pétillement de complicité attendrie. Elle vérifiait l'éclat des broderies de son étole — qu'elle porterait, songeait-elle, le soir de son retour au Byblos, en compagnie de Raymond — en se penchant en arrière vers les miroirs où demeuraient des traces de la poudre dorée avec laquelle on dessinait, en juin, des palmiers pour donner une touche d'exotisme au cabaret.

André se moquait toujours, en y appuyant la tête, de ce simulacre d'Orient. Il ne reviendrait jamais au Cancan, mais il tiendrait à ce que je lui fisse le récit de cette soirée de gala quand, dans quelques jours, je descendrais le voir, le retrait de l'amour ramenant en moi l'énergie de l'aider. Je l'accompagnerais au vernissage de la galerie de la Main de Fer, l'amènerais au milieu de la salle, sous le tableau de monsieur Loyal où Sylvie avait su, sans doute, ressusciter son éclat de guide royal des fêtes. Je le protégerais des regards de ceux qui le dévisageraient sans vergogne pour évaluer la différence entre la toile et le modèle, vérifier qu'elle l'avait considérablement embelli et lui avait donné, sous la voûte jaune clair du chapiteau, un air d'autorité gaie et de vigueur désinvolte, qu'il n'avait plus. Si certains s'approchaient pour l'inviter à dîner dans les prochaines semaines — se décernant ainsi, à peu de frais, un brevet de tolérance et de mansuétude sociale —, je les écarterais pour qu'il n'eût pas à subir leur apitoiement de dernière minute. Je le ramènerais à Saint-Estève pour qu'au début de l'allée de la villa où, enfants, nous attendions ensemble l'arrivée du car Rossignol, il respirât les odeurs de la bonne terre de Catalogne en septembre — de grappes tombées des comportes et fondues sous les roues des charrettes dans l'argile tiède des chemins, de résine de vin, de paille et de sarments mouillés, de cendres des feux des repas du soir improvisés par les travailleurs saisonniers dans les cours des métairies. Assis dans le jardin, à mes côtés, il laisserait descendre vers lui les fumées de la chocolaterie Cantaloup-Catala, plus sinueuses, douceâtres, ramenées aux effluves de vanille brûlée à mesure que diminuait, au crépuscule, l'incandescence des ateliers de cristallisation. Puis, se tournant vers le cerisier, il s'émerveillerait d'y voir apparaître les premières greffes d'or, succédant aux limbes noircis de l'été.

Il aurait ri des travestis de Chez Aldo, qui, regroupés au haut des marches dans la première alcôve, exultaient comme, à la fenêtre d'un wagon, des pensionnaires en goguette, dans un désordre de cris de convoitise exaltée pour leurs bijoux qu'ils se touchaient mutuellement. Survoltés de jalousie, de curiosité envieuse, et de passion d'inédit, ils prenaient les programmes, les tendaient loin devant eux, au bout de leurs mains, simulaient la myopie, en essayant d'y repérer la moindre erreur. Ils ironisaient sur le fait que Cocaïne s'était intronisée elle-même « directrice artistique », qu'elle avait réussi à débaucher de L'Alibi Lady Lys et Vangelis, inscrits pour un « finale » dont ils prédisaient qu'il ne se reproduirait pas au-delà d'une soirée, et qu'Olivier avait droit à trois tableaux. « C'est son cadeau d'adieu... Ses derniers feux, ici... » déclaraient-ils, dépités aussitôt d'apprendre qu'il avait renoncé à partir à La Métamorphose. Ils appelaient Auguste, l'agrippaient par les pans de son caraco et le foulard que lui avait légué Lucrèce — prétexte, au passage, à quelques accents de regret tapageur. Il se renversait parmi eux, rougissait de s'entendre reprocher de les avoir abandonnés depuis vingt ans — exilés, là-bas, dans leur cellule dorée de Montparnasse — tout en étant flatté qu'ils lui rappellent qu'il avait été l'un des axes des nuits blanches de Paris : il n'avait qu'à les rejoindre ; ils lui rendraient sa royauté.

Ils s'arrêtaient de pépier, surpris de ne plus tenir la vedette dans la salle, au moment où le halo du projecteur cessait de se balancer au-dessus de leur alcôve pour se fixer sur le seuil du Cancan : c'était, aux côtés d'Hélène, habillée d'un tailleur à basques, très « années cinquante », son père — dont je n'avais aperçu jusqu'ici que la silhouette très frêle dans l'ombre de la terrasse de la villa de Clamart. Il était à peine voûté, aujourd'hui, semblait réapprendre à sourire, comme si ses lèvres, qui tremblaient, cherchaient à s'ancrer dans une expression de contentement exact. Il se lissait les cheveux blancs, au-dessus des tempes, plusieurs fois, de chaque côté, pour dominer cette sorte de gêne, presque d'intimidation qu'il éprouvait en revoyant le Cancan ; il avançait, les yeux abaissés vers les bouquets et les reflets des lampes rosâtres puis, sous l'impulsion d'Hélène qui le guidait à travers les tables et lui chuchotait quelques mots à l'oreille, redressait la tête : il était rassuré sur tout, de sa vie, illuminé par la conviction du succès de la rétrospective de ses films à l'Institut Louis-Lumière, dont elle m'affirmait, en passant, qu'il les avait présentés avec une vigueur drôle, une clarté de mémoire et une vivacité d'anecdotes qui l'avaient stupéfaite. Jamais elle n'avait porté des talons aussi hauts et fins qui, avec les mèches s'échappant à mesure de son chignon, accentuaient son allure de fierté désinvolte, d'émotion moqueuse, tandis qu'elle l'amenait vers la table, à l'angle droit de la scène — là où il était assis, le soir de la première à L'Élysée-Palace. Elle l'aidait à s'installer, accrochait la canne au rebord de la table, lui prenait la main à l'ombre du bouquet de dahlias et de lys dorés et, éblouie d'avoir pu tenir sa promesse, attirait son regard sur les flambeaux des appliques, les globes à facettes et les étoiles de stuc, pour lui montrer que rien n'avait changé. On avait juste replissé, par endroits, le satin, retiré le tableau de *L'Olympe aux dieux* sans influence et gardé, de l'armada des Vénus de plâtre, celle dont le corps était le moins écaillé. Madeleine continuait à veiller sur cet unique vestige de son passé d'ouvreuse au théâtre Daunou, qu'on lui concédait encore ici, et empêchait quiconque d'accrocher aux mains, qui semblaient à nouveau tendues vers un ciel bouffant d'opérette, une écharpe ou un chapeau de pluie. Elle s'embrouillait dans les « Quelle classe ! » qu'elle décernait dans tous les sens — tant étaient nombreux les doigts qui claquaient vers elle pour réclamer une bouteille de champagne ; le plus insistant étant, bien sûr, le propriétaire de L'Imprévu, entouré par son bataillon d'anciennes danseuses des Folies-Bergère. Elle était aveuglée autant par sa cupidité survoltée que par les flashes qui crépitaient autour de Jean-Louis Bertrand : il avait choisi de se faire photographier au Cancan pour nous prouver que sa carrière repartait et, entre deux poses, proclamait qu'il serait bientôt en couverture d'un nouveau journal de mode européen.

Isabelle entrait au Cancan et venait vers moi. Elle s'était enfin échappée de La Champmeslé, lasse, sans doute, d'être la seule à être gaie, à essayer d'entraîner les Adriennes vers les tourbillons d'une fête dont elle n'avait pas le goût, et que, d'ailleurs, Agnès leur avait interdit de rejoindre. « Je n'irai pas à leurs réunions... » me disait-elle, libérée de la tension funèbre qui régnait à La Champmeslé et de la surveillance glacée de Dany qui masquait ainsi sa rancune de ne pas se sentir capable d'aimer. Renouant avec sa féminité, elle avait remis les boucles d'oreilles — ces minuscules abeilles de grenats que lui avait données Juliette. C'était Isabelle qui, aujourd'hui, et tant d'années après les bals de Saint-Arnaud, s'amusait à ne pas me résister, me prenait la main, au contraire, et m'amenait en pleine lumière, au centre du Cancan, comme si personne ne la rappelait plus d'un balcon et qu'aucun ordre ne lui était lancé du ciel. Peut-être voulait-elle que nous restions tous les deux jusqu'au bout de la fête, sans craindre d'en être tirés à tout moment, que nous nous libérions ensemble du tourment d'une trahison imaginaire, du leurre d'un « mauvais sang » que nous aurions provoqué à notre insu. Le malheur n'avait été, au fond, qu'une fable inculquée, un discours commandé. Il s'agissait maintenant de rompre cette fiction expiatoire quitte à perdre en chemin notre indulgence systématique, qui se révélait être une bonté par défaut, une idéalisation gauche du monde, une peur fatiguée de ne pas être aimés. Nous n'étions pas condamnés à consulter, degré par degré, les archives de la tristesse — semblait-elle me dire — en commençant à se balancer, dans sa robe jaune, sur le rythme de la musique des *Cœurs perdus* qui, à peine grésillante, s'élevait des haut-parleurs.

Alors seulement je me souvenais, comme elle, l'avoir déjà entendue, un dimanche d'automne, au Colisée, à Saint-Arnaud, alors que le rideau or s'ouvrait sur les premières images : pour la première fois, mon père et ma mère étaient assis, côte à côte, dans une loge du balcon. Ils s'étaient même parlé un peu, avaient échangé le programme des prochains films de la saison, et presque ri en se demandant lequel des deux le garderait pendant la projection. En sortant, elle essayait de retrouver l'air du film, lui lançait au hasard quelques notes pour qu'il les reprît. Nous marchions en avant, retenions notre souffle et n'osions pas nous retourner de peur que cet accord de pas et de sentiments ne prît fin à la moindre éclaboussure de flaque que soulevait, en passant, le vieux car de la Compagnie des Oasis. Il me semblait que, derrière les vitres embrumées, le petit aliéné bougeait sa main vers moi comme s'il me reconnaissait et me pardonnait de lui avoir lâché le poignet sur le chemin des bains de soufre, au milieu de l'été. Nous étions si fiers qu'ils entrent ensemble dans l'immense salle des grains de la minoterie, où quelques couples dansaient sur le parquet encore blanchi par les dépôts de semoule autour de la table de banquet dressée pour le départ en métropole de monsieur Lleu. Mon père avait profité du seul passage de nuit — quand tout s'était assombri autour de la pièce montée illuminée qui traversait la salle — pour laisser glisser sa main sur la nappe, atteindre les doigts de ma mère qui jouait avec le porte-couteau, oser les retenir et, sans qu'elle manifestât la moindre impatience, s'attarder à les caresser, le temps que monsieur Lleu mettait à éteindre les bougies, dont nous aurions voulu qu'elles résistent à son souffle et continuent à projeter leurs reflets jusqu'aux eaux noires des marais.

Ce fut presque le silence dans tout le Cancan jusqu'au hall où mouraient les dernières lueurs des bleus du Paradis — avec juste l'écho des bouteilles que l'on débouchait comme en secret sous l'aile du comptoir, les très légers déclics des poudriers que les femmes ouvraient en se penchant vers les plis des nappes, un gloussement excité qui se perdait dans la profondeur d'une alcôve, le cliquetis de bracelets à des poignets qui cherchaient à se poser avec une tendresse exacte sur des nuques ou des épaules, dans l'odeur suspendue de fard, de stuc récemment repeint, de fumées tièdes et de toiles mouillées d'imperméables que retiraient ceux qui arrivaient, à pied, sous la pluie, des spectacles du quartier et osaient à peine déplacer les chaises en s'installant. Il y avait dans la salle le même souffle d'impatience inquiète, comme avant l'apparition d'un comédien royal, absent de la scène pendant longtemps, et dont on attendrait le retour. Je regardais les frémissements du rideau sans appréhension amère et, à l'absence de toute crispation de regret, je sentais que l'amour commençait à se retirer en moi, et qu'un jour prochain je pourrais m'installer au premier rang d'un théâtre, applaudissant William, plus que d'autres peut-être, avant d'aller dans sa loge le serrer dans mes bras, comme un enfant, ou un frère bien plus jeune, dont le succès me rendrait fier.

On annonçait Cocaïne. Le rideau s'écartait sur

la voûte bleu sombre où seules s'éclairaient, une à une, les étoiles du fond — telle, au-dessus de la mer, une nuit de Riviera, la montée graduelle d'un horizon constellé d'où émergeaient à peine sa robe noire, son visage couvert d'un léger voile rose chair, puis ses yeux qui brillaient d'une sorte de passion étonnée, comme si nous étions tous son « grand amour de Genève » qui revenait vers elle. Elle ouvrait les bras avec une ampleur calme et dévouée : peut-être Cocaïne voulait-elle nous serrer sur son cœur, nous remercier de lui être toujours restés fidèles, de l'avoir accompagnée dans son voyage de paillettes, d'imitations lunaires et de déshabillages fantômes, de partager avec elle le leurre d'une victoire qui se consumait d'elle-même, ne comptait plus, dès lors qu'en avaient disparu les témoins du Paradis, dont le néon, là-bas, achevait de s'éteindre. Elle frôlait, du bout des ongles, l'écarlate des amarantes, le mauve des reines-marguerites et le rose pâle des anémones du Japon — toute cette floraison d'automne d'une Ile-Verte qu'on avait sacrifiée pour elle. Puis elle s'arrêtait devant le micro, cherchait du regard Louise qui retirait ses gants de satin gris, perlés de cristal, pour lui lancer de loin, la première note, comme à l'époque du Rubis. La voix un peu tremblante de pouvoir enfin devenir une vraie « artiste » — comme l'était Lady Lys —, elle commençait à chanter la romance des *Cœurs perdus*. A mesure que les couplets se déroulaient, chacun la fredonnait, la reprenait avec elle, en sourdine, dans l'ombre du Cancan. Une seule lumière se déplaçait de table en table, de visage en visage — celle de la jeunesse revenue qui tamisait les rides, ôtait la mélancolie des cernes, défripait les paupières, effaçait sur les mains les sillons de bleu tourmenté, lissait la peau des bras et des dos nus, redorait les cheveux, les torses découverts et le bord des seins ; rendait à nouveau réguliers les battements de mon cœur et ramenait en moi, inchangée depuis les soirs lointains de L'Idéal, jamais lasse, prête à nouveau à s'exercer, la vieille tendresse pour la vie.

DU MÊME AUTEUR

MALLARMÉ, *essai*, Hatier, 1974.

LA MÉMOIRE BRÛLÉE, *roman*, Le Seuil, 1979.

LALIBELA OU LA MORT NOMADE, *roman*, Ramsay, 1981.

L'HEURE DES ADIEUX, *roman*, Le Seuil, 1985.

LE PASSAGE DES PRINCES, *roman*, Ramsay, 1988.

LES QUARTIERS D'HIVER, *roman*, Gallimard, 1990, prix Médicis 1990.

LE SILENCE DES PASSIONS, *roman*, Gallimard, 1994, prix Valery-Larbaud 1994.

MADAME ARNOUL, *récit*, Gallimard, 1995, prix du Livre Inter 1995.

COLLECTION FOLIO

Dernières parutions

2501.	Collectif	*Mémoires d'Europe II.*
2502.	Collectif	*Mémoires d'Europe III.*
2503.	Didier Daeninckx	*Le géant inachevé.*
2504.	Éric Ollivier	*L'escalier des heures glissantes.*
2505.	Julian Barnes	*Avant moi.*
2506.	Daniel Boulanger	*La confession d'Omer.*
2507.	Nicolas Bréhal	*Sonate au clair de lune.*
2508.	Noëlle Châtelet	*La courte échelle.*
2509.	Marguerite Duras	*L'Amant de la Chine du Nord.*
2510.	Sylvie Germain	*L'Enfant Méduse.*
2511.	Yasushi Inoué	*Shirobamba.*
2512.	Rezvani	*La nuit transfigurée.*
2513.	Boris Schreiber	*Le tournesol déchiré.*
2514.	Anne Wiazemsky	*Marimé.*
2515.	Francisco González Ledesma	*Soldados.*
2516.	Guy de Maupassant	*Notre cœur.*
2518.	Driss Chraïbi	*L'inspecteur Ali.*
2519.	Pietro Citati	*Histoire qui fut heureuse, puis douloureuse et funeste.*
2520.	Paule Constant	*Le Grand Ghâpal.*
2521.	Pierre Magnan	*Les secrets de Laviolette.*
2522.	Pierre Michon	*Rimbaud le fils.*
2523.	Michel Mohrt	*Un soir, à Londres.*
2524.	Francis Ryck	*Le silencieux.*
2525.	William Styron	*Face aux ténèbres.*
2526.	René Swennen	*Le roman du linceul.*
2528.	Jerome Charyn	*Un bon flic.*

2529. Jean-Marie Laclavetine — *En douceur.*
2530. Didier Daeninckx — *Lumière noire.*
2531. Pierre Moinot — *La descente du fleuve.*
2532. Vladimir Nabokov — *La transparence des choses.*
2533. Pascal Quignard — *Tous les matins du monde.*
2534. Alberto Savinio — *Toute la vie.*
2535. Sempé — *Luxe, calme & volupté.*
2537. Abraham B. Yehoshua — *L'année des cinq saisons.*
2538. Marcel Proust — *Les Plaisirs et les Jours* suivi de *L'Indifférent* et autres textes.
2539. Frédéric Vitoux — *Cartes postales.*
2540. Tacite — *Annales.*
2541. François Mauriac — *Zabé.*
2542. Thomas Bernhard — *Un enfant.*
2543. Lawrence Block — *Huit millions de façons de mourir.*
2544. Jean Delay — *Avant Mémoire (tome II).*
2545. Annie Ernaux — *Passion simple.*
2546. Paul Fournel — *Les petites filles respirent le même air que nous.*
2547. Georges Perec — *53 jours.*
2548. Jean Renoir — *Les cahiers du capitaine Georges.*
2549. Michel Schneider — *Glenn Gould piano solo.*
2550. Michel Tournier — *Le Tabor et le Sinaï.*
2551. M. E. Saltykov-Chtchédrine — *Histoire d'une ville.*
2552. Eugène Nicole — *Les larmes de pierre.*
2553. Saint-Simon — *Mémoires II.*
2554. Christian Bobin — *La part manquante.*
2555. Boileau-Narcejac — *Les nocturnes.*
2556. Alain Bosquet — *Le métier d'otage.*
2557. Jeanne Bourin — *Les compagnons d'éternité.*
2558. Didier Daeninckx — *Zapping.*
2559. Gérard Delteil — *Le miroir de l'Inca.*
2560. Joseph Kessel — *La vallée des rubis.*
2561. Catherine Lépront — *Une rumeur.*
2562. Arto Paasilinna — *Le meunier hurlant.*
2563. Gilbert Sinoué — *La pourpre et l'olivier.*

2564. François-Marie Banier — *Le passé composé.*
2565. Gonzalo Torrente Ballester — *Le roi ébahi.*
2566. Ray Bradbury — *Le fantôme d'Hollywood.*
2567. Thierry Jonquet — *La Bête et la Belle.*
2568. Marguerite Duras — *La pluie d'été.*
2569. Roger Grenier — *Il te faudra quitter Florence.*
2570. Yukio Mishima — *Les amours interdites.*
2571. J.-B. Pontalis — *L'amour des commencements.*
2572. Pascal Quignard — *La frontière.*
2573. Antoine de Saint-Exupéry — *Écrits de guerre (1939-1944).*
2574. Avraham B. Yehoshua — *L'amant.*
2575. Denis Diderot — *Paradoxe sur le comédien.*
2576. Anonyme — *La Châtelaine de Vergy.*
2577. Honoré de Balzac — *Le Chef-d'œuvre inconnu.*
2578. José Cabanis — *Saint-Simon l'admirable.*
2579. Michel Déon — *Le prix de l'amour.*
2580. Lawrence Durrell — *Le sourire du Tao.*
2581. André Gide — *Amyntas.*
2582. Hervé Guibert — *Mes parents.*
2583. Nat Hentoff — *Le diable et son jazz.*
2584. Pierre Mac Orlan — *Quartier Réservé.*
2585. Pierre Magnan — *La naine.*
2586. Naguib Mahfouz — *Chimères.*
2587. Vladimir Nabokov — *Ada ou l'Ardeur.*
2588. Daniel Boulanger — *Un été à la diable.*
2589. Louis Calaferte — *La mécanique des femmes.*
2590. Sylvie Germain — *La Pleurante des rues de Prague.*
2591. Julian Gloag — *N'éveillez pas le chat qui dort.*
2592. J.M.G. Le Clézio — *Étoile errante.*
2593. Louis Malle — *Au revoir, les enfants.*
2595. Jean-Bernard Pouy — *L'homme à l'oreille croquée.*
2596. Reiser — *Jeanine.*
2597. Jean Rhys — *Il ne faut pas tirer les oiseaux au repos.*
2598. Isaac Bashevis Singer — *Gimpel le naïf.*
2599. Andersen — *Contes.*
2600. Jacques Almira — *Le Bar de la Mer.*

2602. Dominique Bona — *Malika.*
2603. John Dunning — *Les mécanos de la mort.*
2604. Oriana Fallaci — *Inchallah.*
2605. Sue Hubbell — *Une année à la campagne.*
2606. Sébastien Japrisot — *Le passager de la pluie.*
2607. Jack Kerouac — *Docteur Sax.*
2608. Ruth Rendell/Helen Simpson — *Heures fatales.*
2609. Tristan L'Hermite — *Le Page disgracié.*
2610. Alexandre Dumas — *Les Trois Mousquetaires.*
2611. John Updike — *La concubine de saint Augustin* et autres nouvelles.
2612. John Updike — *Bech est de retour.*
2613. John Updike — *Un mois de dimanches.*
2614. Emmanuèle Bernheim — *Le cran d'arrêt.*
2615. Tonino Benacquista — *La commedia des ratés.*
2616. Tonino Benacquista — *Trois carrés rouges sur fond noir.*
2617. Rachid Boudjedra — *FIS de la haine.*
2618. Jean d'Ormesson — *La gloire de l'Empire.*
2619. Léon Tolstoï — *Résurrection.*
2620. Ingmar Bergman — *Cris et chuchotements* suivi de *Persona* et de *Le lien.*
2621. Ingmar Bergman — *Les meilleures intentions.*
2622. Nina Bouraoui — *Poing mort.*
2623. Marguerite Duras — *La Vie matérielle.*
2624. René Frégni — *Les nuits d'Alice.*
2625. Pierre Gamarra — *Le maître d'école.*
2626. Joseph Hansen — *Les ravages de la nuit.*
2627. Félicien Marceau — *Les belles natures.*
2628. Patrick Modiano — *Un cirque passe.*
2629. Raymond Queneau — *Le vol d'Icare.*
2630. Voltaire — *Dictionnaire philosophique.*
2631. William Makepeace Thackeray — *La Foire aux Vanités.*
2632. Julian Barnes — *Love, etc.*
2633. Lisa Bresner — *Le sculpteur de femmes.*
2634. Patrick Chamoiseau — *Texaco.*
2635. Didier Daeninckx — *Play-back.*
2636. René Fallet — *L'amour baroque.*

2637.	Paula Jacques	*Deborah et les anges dissipés.*
2638.	Charles Juliet	*L'inattendu.*
2639.	Michel Mohrt	*On liquide et on s'en va.*
2640.	Marie Nimier	*L'hypnotisme à la portée de tous.*
2641.	Henri Pourrat	*Bons, pauvres et mauvais diables.*
2642.	Jacques Syreigeol	*Miracle en Vendée.*
2643.	Virginia Woolf	*Mrs Dalloway.*
2645.	Jerome Charyn	*Elseneur.*
2646.	Sylvie Doizelet	*Chercher sa demeure.*
2647.	Hervé Guibert	*L'homme au chapeau rouge.*
2648.	Knut Hamsun	*Benoni.*
2649.	Knut Hamsun	*La dernière joie.*
2650.	Hermann Hesse	*Gertrude.*
2651.	William Hjortsberg	*Le sabbat dans Central Park.*
2652.	Alexandre Jardin	*Le Petit Sauvage.*
2653.	Philip Roth	*Patrimoine.*
2655.	Fédor Dostoïevski	*Les Frères Karamazov.*
2656.	Fédor Dostoïevski	*L'Idiot.*
2657.	Lewis Carroll	*Alice au pays des merveilles. De l'autre côté du miroir.*
2658.	Marcel Proust	*Le Côté de Guermantes.*
2659.	Honoré de Balzac	*Le Colonel Chabert.*
2660.	Léon Tolstoï	*Anna Karénine.*
2661.	Fédor Dostoïevski	*Crime et châtiment.*
2662.	Philippe Le Guillou	*La rumeur du soleil.*
2663.	Sempé-Goscinny	*Le petit Nicolas et les copains.*
2664.	Sempé-Goscinny	*Les vacances du petit Nicolas.*
2665.	Sempé-Goscinny	*Les récrés du petit Nicolas.*
2666.	Sempé-Goscinny	*Le petit Nicolas a des ennuis.*
2667.	Emmanuèle Bernheim	*Un couple.*
2668.	Richard Bohringer	*Le bord intime des rivières.*
2669.	Daniel Boulanger	*Ursacq.*
2670.	Louis Calaferte	*Droit de cité.*
2671.	Pierre Charras	*Marthe jusqu'au soir.*
2672.	Ya Ding	*Le Cercle du Petit Ciel.*
2673.	Joseph Hansen	*Les mouettes volent bas.*
2674.	Agustina Izquierdo	*L'amour pur.*
2675.	Agustina Izquierdo	*Un souvenir indécent.*

2677. Philippe Labro — *Quinze ans.*
2678. Stéphane Mallarmé — *Lettres sur la poésie.*
2679. Philippe Beaussant — *Le biographe.*
2680. Christian Bobin — *Souveraineté du vide* suivi de *Lettres d'or.*
2681. Christian Bobin — *Le Très-Bas.*
2682. Frédéric Boyer — *Des choses idiotes et douces.*
2683. Remo Forlani — *Valentin tout seul.*
2684. Thierry Jonquet — *Mygale.*
2685. Dominique Rolin — *Deux femmes un soir.*
2686. Isaac Bashevis Singer — *Le certificat.*
2687. Philippe Sollers — *Le Secret.*
2688. Bernard Tirtiaux — *Le passeur de lumière.*
2689. Fénelon — *Les Aventures de Télémaque.*
2690. Robert Bober — *Quoi de neuf sur la guerre ?*
2691. Ray Bradbury — *La baleine de Dublin.*
2692. Didier Daeninckx — *Le der des ders.*
2693. Annie Ernaux — *Journal du dehors.*
2694. Knut Hamsun — *Rosa.*
2695. Yachar Kemal — *Tu écraseras le serpent.*
2696. Joseph Kessel — *La steppe rouge.*
2697. Yukio Mishima — *L'école de la chair.*
2698. Pascal Quignard — *Le nom sur le bout de la langue.*
2699. Jacques Sternberg — *Histoires à mourir de vous.*
2701. Calvin — *Œuvres choisies.*
2702. Milan Kundera — *L'art du roman.*
2703. Milan Kundera — *Les testaments trahis.*
2704. Rachid Boudjedra — *Timimoun.*
2705. Robert Bresson — *Notes sur le cinématographe.*
2706. Raphaël Confiant — *Ravines du devant-jour.*
2707. Robin Cook — *Les mois d'avril sont meurtriers.*
2708. Philippe Djian — *Sotos.*
2710. Gabriel Matzneff — *La prunelle de mes yeux.*
2711. Angelo Rinaldi — *Les jours ne s'en vont pas longtemps.*
2712. Henri Pierre Roché — *Deux Anglaises et le continent.*
2714. Collectif — *Dom Carlos* et autres nouvelles françaises du XVIIe siècle.

2715.	François-Marie Banier	*La tête la première.*
2716.	Julian Barnes	*Le porc-épic.*
2717.	Jean-Paul Demure	*Aix abrupto.*
2718.	William Faulkner	*Le gambit du cavalier.*
2719.	Pierrette Fleutiaux	*Sauvée !*
2720.	Jean Genet	*Un captif amoureux.*
2721.	Jean Giono	*Provence.*
2722.	Pierre Magnan	*Périple d'un cachalot.*
2723.	Félicien Marceau	*La terrasse de Lucrezia.*
2724.	Daniel Pennac	*Comme un roman.*
2725.	Joseph Conrad	*L'Agent secret.*
2726.	Jorge Amado	*La terre aux fruits d'or.*
2727.	Karen Blixen	*Ombres sur la prairie.*
2728.	Nicolas Bréhal	*Les corps célestes.*
2729.	Jack Couffer	*Le rat qui rit.*
2730.	Romain Gary	*La danse de Gengis Cohn.*
2731.	André Gide	*Voyage au Congo* suivi de *Le retour du Tchad.*
2733.	Ian McEwan	*L'enfant volé.*
2734.	Jean-Marie Rouart	*Le goût du malheur.*
2735.	Sempé	*Âmes sœurs.*
2736.	Émile Zola	*Lourdes.*
2737.	Louis-Ferdinand Céline	*Féerie pour une autre fois.*
2738.	Henry de Montherlant	*La Rose de sable.*
2739.	Vivant Denon Jean-François de Bastide	*Point de lendemain*, suivi de *La Petite Maison.*
2740.	William Styron	*Le choix de Sophie.*
2741.	Emmanuèle Bernheim	*Sa femme.*
2742.	Maryse Condé	*Les derniers rois mages.*
2743.	Gérard Delteil	*Chili con carne.*
2744.	Édouard Glissant	*Tout-monde.*
2745.	Bernard Lamarche-Vadel	*Vétérinaires.*
2746.	J.M.G. Le Clézio	*Diego et Frida.*
2747.	Jack London	*L'amour de la vie.*
2748.	Bharati Mukherjee	*Jasmine.*

Composition Bussière
et impression B.C.I.
à Saint-Amand (Cher), 5 septembre 1995.
Dépôt légal : septembre 1995.
Numéro d'imprimeur : 1328-1/1204.

ISBN 2-07-039350-X./Imprimé en France.